追放された薬師は騎士と王子に溺愛される

薬を作るしか能がないのに、

騎士団の皆さんが離してくれません！

登場人物紹介
シグルド
王国騎士団の若き副騎士団長。
数々の逸話を持つ、ポジティブな自信家。
ユーリス
クラネス王国の第三王子。
騎士団で魔道具を開発する、
クールな美少年。
リゼット
無能だとして冒険者パーティー
【鈍色の水晶】を追放されてしまった薬師。
実は最高ランクの調合の実力を持つ。

アクセル
【鈍色の水晶】のメンバーで、
拳で闘うグラップラー。
荒くれ者で脳筋。
ダリオ
【鈍色の水晶】のメンバーで、
魔法剣で戦うマジックナイト。
流されやすい。
リノ
【鈍色の水晶】のリーダーで、
剣術を極めたソードマスター。
我が強い。
メイラ
【鈍色の水晶】のメンバーで、
魔法を扱うアークウィザード。
真面目で責任感が強い。
ジュエル
リゼットの追放後、
【鈍色の水晶】に加入した
回復職のプリースト。
甘え上手な守銭奴。

# プロローグ

「リゼット！　【回復ポーション】をくれ！」

「はい、リノさん！」

そう声をかけられた調合師のリゼットは、ソードマスターのリノに体力回復ポーションを投げ渡す。

ポーションを飲み干したリノの体を淡い光が包み、体力が全回復した。

「リゼット！　こっちには【マナポーション】をお願い！」

「はい、メイラさん！」

アークウィザードのメイラに魔力を回復するマナポーションを与えると、魔力が一瞬でフルチャージされた。

「くっ！　毒を食らっちまった！　リゼット、【解毒薬】を頼む！」

「はい、アクセルさん！」

拳で闘う格闘家グラップラーのアクセルに与えた解毒薬は、彼が食らった毒を一瞬で消し去ってしまう。

「リゼット、あの敵に【目潰《めつぶ》し弾】を投げてくれ！」

「分かりました、ダリオさん！」

マジックナイトのダリオが戦っていた敵に、リゼットは目潰《めつぶ》し弾を投げつける。視界を潰された敵の魔物はダリオの魔法剣の餌食《えじき》となった。

リゼット・ロゼットは、Aランクパーティー【鈍色《にびいろ》の水晶】に所属する調合師だ。

リゼット自身はただの調合師だから、魔物を倒す力はない。

けれど、作った薬でパーティーメンバーの役に立てることが、彼女にとって大きな喜びだった。


ここは大陸の西端にあるクラネス王国。自然豊かで風光明媚《ふうこうめいび》、多くの産業や交易で発展するこの国では、冒険者たちの活動も盛んである。

王国の各地には山岳地帯や荒野、洞窟《どうくつ》、古代遺跡といったダンジョンがいくつもあった。

ダンジョンには魔物が多数生息している。その退治は主に王国騎士団や領主兵が担っているが、手が回らない分は冒険者に討伐依頼が出される。

魔物を倒すと討伐報酬《とうばつほうしゅう》が出る上に、採取した素材や魔石は冒険者の所有物となり換金できる。そのため、一攫千金を夢見る志願者が後を絶たない。

クラネス王国の王都キーラの冒険者ギルドも、連日大勢の冒険者で賑わっていた。

今日も何組もの冒険者パーティーがギルドに来ている。

その中でも飛ぶ鳥を落とす勢いなのが、若者ばかりで構成されたパーティー【鈍色の水晶】である。

冒険者ギルドでは等級制度が採用されている。等級は上から順番にS・A・B・C・D・E・Fの七段階だ。Sランクが一番高く、Fランクが一番低い。等級は冒険者個人のレベルによって決まる。

レベル五十以上の冒険者なら、大抵がAランクだ。一方、レベル一桁の冒険者はFランクである。冒険者パーティーにも七段階の等級がある。こちらはパーティー全体の総合力や、高難易度の依頼をいくつ達成したかによって決まる。

たとえばドラゴンのような強敵を討伐できるパーティーはAランク以上。魔物の群れの暴走《スタンピード》を鎮圧し、原因を除くことのできるパーティーはSランク相当。一方、比較的安全なダンジョンで雑魚《ざこ》魔物を倒すぐらいしかできないパーティーはFランク扱いだ。

「おい見ろよ。【鈍色の水晶】が戻ってきたみたいだぜ」

「今日の討伐依頼の難易度はSランクだったんだろ？　Aランクパーティーなのに、Sランクをクリアするなんてすごいよなあ」

「噂《うわさ》では今月末のパーティーランク昇格試験を受けるらしいぞ」

「きっとそこでSランクパーティーになるんだろうな」

「ギルドに登録してたった二年半ですげぇよ」

ギルドに集まった冒険者たちが、【鈍色の水晶】に称賛する。

リーダーであるリノは冒険者たちの羨望の眼差しを受け、ギルドの真ん中を胸を張って歩いた。カウンターで報酬《ほうしゅう》を受け取ると、仲間たちと報酬《ほうしゅう》を分け合うためにギルドに併設された酒場の席についた。

リノは仲間たちをぐるりと見回す。アクセル、ダリオ、メイラ。そして薄茶色の髪をした調合師の少女――リゼットまで来た時、彼女に目を留めて口を開いた。

「リゼット、お前には今日限りで俺たちのパーティーを出ていってもらう」

「……えっ⁉　あの、すみません。今、なんて言ったんですか⁉」

「聞こえなかったのか？　お前はクビだと言ったんだ」

聞き間違いではなかったようだ。リゼットの顔色がさぁっと青く染まる。

「な、なぜですか⁉　私、何かしましたか⁉」

「薬を作って投げるしか能のない奴は【鈍色の水晶】にもう必要ないんだよ。明日からプリーストに加入してもらうことになった。下級職の調合師のお前はもういらない。おーい、ジュエル！」

「はぁーい！　初めまして、プリーストのジュエルですぅー。【鈍色の水晶】にお世話になりまーす！　よろしくお願いしまーす！」

リノに呼ばれて出てきたのは、桃色の髪をツインテールに結んだ、ナイスバディな若い女性だった。胸元が大きく開いた服を着た、派手な顔立ちの美人だ。

リゼットとは正反対のタイプである。リゼットはセミロングをハーフアップにまとめただけで、化粧っ気がなく、服もシンプルなローブという地味な姿である。

リノはジュエルの肩を抱き寄せると、蔑《さげす》むような眼差しをリゼットに向けた。

「プリーストはヒーラー系の中でも上位職だ。薬を作る手間も材料費も必要なく、パーティーメンバーを回復してくれる。それに比べて調合師は回復ポーション一つ作るのに素材費がかかる上に、何本も持ち歩かなければならない。邪魔なんだよ！」

「で、でも材料費を捻出《ねんしゅつ》しているのも、持ち歩いているのも私ですが……！」

「大体、調合師ってのがダセェよな。下級職じゃねえか。俺たちはソードマスターにマジックナイト、アークウィザード、グラップラーだぜ。分かるか、上級職揃《ぞろ》いだ。それなのにお前だけがいつまで経っても下級職のままだ！」

「それは……」

冒険者ギルドでは上級職、下級職といった概念がある。

駆け出し冒険者の場合は下級職からスタートする。

剣士系の場合、片手剣士のソードマン、両手剣士のブレイダー、レイピア剣士のフェンサーといった具合に得意武器によって職分けが決まる。

ソードマスターはその名の通り、剣術を極めた上級職だ。片手剣、両手剣、レイピア、さらには国外の武器であるカタナまで使いこなすことができる。

おまけに上級職になると、攻撃力・防御力・スピードが飛躍的に向上する。

剣士以外の職でも同じだ。魔法職の場合、最初は使える魔法は一属性のみで威力も低い。

しかし経験を積みレベルアップして上級職にチェンジすると、複数属性の魔法を使いこなせるようになる。もちろん威力もアップする。

「お前なんかがいたら、俺たちはSランクパーティーになれねぇんだ‼」

リノはリゼットの前のテーブルを蹴飛ばした。

テーブルの上に載っていた薬草スープの皿がひっくり返り、リゼットの服を汚す。スープがぬるかったので火傷《やけど》することはなかったが、食べ物が無駄になりもったいない。

だがリゼットは、恐怖に身を硬直させて何も言い返せずにいた。

「リゼット。お前、冒険者レベルはいくつだ？」

「三です……」

「冒険者ランクは？」

「Fランクです……」

「ほらな！　お前はパーティーの足を引っ張るお荷物なんだ。お前をクビにしてプリーストのジュエルに加入してもらう」

「ううぅ……」

リゼットは他の仲間たちを窺《うかが》ったが、全員が気まずそうに、あるいは無表情で視線を逸らした。

金髪を短く刈り込んだ、グラップラーのアクセル。

黒髪を真っ直ぐに下ろした、アークウィザードのメイラ。

緑髪をオールバックにした、マジックナイトのダリオ。

そして赤髪を逆立たせせた、ソードマスターのリノ。

彼らは皆上級職であり、冒険者レベル五十前後のA～Sランク冒険者だ。

プリーストという上級職のジュエルも、おそらく彼らに近いレベルだろう。

リゼットは冒険者の下級職である調合師で、冒険者レベルも三。リゼットの代わりにジュエルが加入すれば、確かにパーティーの総合力は上がるだろう。

次のパーティー昇格試験も合格して、Sランク認定されるかもしれない。

しかし、リゼットがレベルの低い下級職のままなのには理由がある。

「私は確かに下級職でレベルも低いです！　でもそれは、直接魔物を倒せなくて、経験値が入ってこないからです！　そのせいでジョブチェンジもできなくて……！」

冒険者ギルドの決まりでは、冒険者レベルが十以上でないとジョブチェンジの試験が受けられない。

冒険者レベルを上げる経験値は、魔物と戦って倒すことでしか入手できない。

魔物を倒すと、魔道具の一種である【冒険者カード】を通してギルドにその情報が伝達される。入手した経験値は冒険者レベルに反映されるという仕組みだ。

しかしリゼットは【調合師】という生産職。冒険の時にはひたすら支援に回るため、魔物と戦う機会が極端に少ない。

さらにパーティーメンバーは、バリバリの戦闘職ばかり。最近では爆弾系のアイテムを投げる機会すらなく、ひたすら回復薬や解毒薬を仲間に渡すことだけを求められていた。

結果として経験値を入手できず、冒険者レベルは三のまま。ジョブチェンジのチャンスすらないまま二年が過ぎた。

だけど、それも元はといえば、パーティーのリーダーであるリノの方針がそうだったからのはず……

リゼットは一縷《いちる》の望みをかけてリノを見上げるが、彼は冷たい視線を返した。

「言い訳は結構だ。そもそも調合師なんかをパーティーに入れたのが間違いだったんだ。調合師なんてギルドに張り出される薬の納品依頼だけを細々とこなして、俺たち冒険者に貢献していれば良いんだ」

「そうだぜ、リノの言う通りだ！　採取依頼ぐらいをこなしている時なら仲間に入れてやっていても良かったが、俺たちはもうSランクに手が届くレベルのパーティーなんだぜ！」

「ポーションなんて街で買っていけばいいしな。わざわざ調合師を抱えておくメリットなんてないよなぁ？」

リノに続いてアクセルも吐き捨てるように言った。ダリオもうんうんと頷いて賛同する。

「なあ、メイラもそう思うよな？」

「え？　私は……そこまで言う必要はない、と思う」

話を振られたメイラは表情を曇《くも》らせた。彼女は他の冒険者たちよりリゼットを気にかけてくれている。

「リゼットが今までパーティーに貢献してくれたのは事実だし、彼女の作る薬は質が良いわ。何より、ずっと一緒にやってきた仲間なのに、そんな言い方は……」

「あ？　何お前、俺に逆らうの？」

リノはメイラを睨《にら》むと拳を鳴らす。メイラは怯《おび》えた様子で言葉を詰まらせた。

「い、いえ、そういう訳ではないけれど……」

「じゃあ黙ってろ。余計なことは言うな。分かったか？　ほら返事ィ!!」

「っ、は、はい……」

「ったく、ウチのパーティーの女共はよぉ……陰気な性格で揃《そろ》いも揃《そろ》って地味だしよ。たまには歓楽街で男を喜ばせる方法を覚えてきてほしいもんだぜ！」

リノは勝手なことばかり言う。メイラは諦めたようにリゼットから視線を逸らしてしまった。

もはやこの場にリゼットの味方は一人もいない。

そしてトドメと言わんばかりに、リノはリゼットに宣言した。

「いいかリゼット。俺たちは下級職のソードマン、ウォリアー、メイジ、グラップラーからスタートしてどんどんクラスアップしていった。それなのにお前だけちっとも成長しやがらない」

「……」

「俺はなあ、お前みたいな向上心のない奴を見ているとイライラするんだ！　Sランクパーティーになる【鈍色の水晶】にお前は必要ない。さっさと消えてしまえ、お荷物の疫病神《やくびょうがみ》が！」

リノは自分のテーブルに置いてあったコップを掴むと、中身の水をリゼットにぶちまけた。

前髪からポタポタと水滴が滴《したた》る。ここまでされてしまったら、もはや食い下がることもできない。

「……分かりました。私は本日付けで【鈍色の水晶】を脱退します」

自分は役立たずどころか疫病神《やくびょうがみ》扱いされている。そのことを察したリゼットはナプキンで顔を拭うと、追放を受け入れその場から駆け出した。

「はあ……」

ため息が漏れる。リゼットは身寄りがない。パーティーを追放されて、どうやって生きていけばいいのだろう。

(でもまあ……しょうがないのかなぁ。薬なんて誰だって作れるし……私なんて所詮《しょせん》、レベル三の底辺冒険者だし……)

トボトボと王都の路地を歩く。

どこからともなくシチューの匂いが漂《ただよ》ってきて、リゼットのお腹が小さく鳴った。

(ううう、お腹空いた……さっきのスープ、一口も食べられなかったもんね……)

表通りに出て、屋台か食堂で思いっきりご飯が食べたい。ヤケ食いしたい気分だ。

でも、今は我慢だ。パーティーをクビになった以上、収入は今までよりも減ってしまう。

これから節約しなければならない。節約しやすいところは食費だろうか。少しずつでも切り詰めなければ……

空腹と情けない気持ちを抱え、リゼットは下宿先の宿屋・コウモリ亭の部屋に飛び込んだ。

王都の裏通り三丁目にある二階建ての安い宿屋だ。

粗末《そまつ》な木賃宿《きちんやど》だが、レベル三のFランク冒険者であるリゼットの稼ぎでは、この宿の部屋を借りるのが精一杯だった。

「おぅ、リゼット！　うちの宿、来月値上げするんでよろしくな～！」

「えっ!?」

宿に入った途端、店主に声をかけられてリゼットは動きを止める。

店主はリゼットの様子に気付いていない様子で続けた。

「ね、値上げですか!?　このタイミングで!?　どれぐらい!?」

「一ヶ月契約で四万ベルだ。食事なし風呂場共同とはいえ、三万ベルなんて格安すぎたもんなあ。まっ、よろしく頼むぜ！」

店主は明るく笑い飛ばすと奥の部屋に引っ込んでいった。リゼットは青ざめて冷や汗を垂らす。

「どうしよう……！　パーティーをクビにされたばかりなのに、宿賃を月一万ベルも値上げされるなんて……！」

とりあえず借りている部屋に戻る。粗末《そまつ》なベッドと書き物机だけで手一杯の狭い部屋だが、屋根と壁と寝床があるだけ野宿よりずっとマシだ。

それでも宿賃が払えないのなら、来月には追い出されてしまう。リゼットは頭を抱えた。

リノたちに疎《うと》まれていることは、なんとなく勘づいていた。

リノたちは高ランク冒険者として難易度の高い討伐依頼をこなし、報酬《ほうしゅう》をたんまり受け取っている。宿も貴族街に近い富裕層エリアの高級宿を、年単位の契約で借りているらしい。メイラに至っては貴族街に近い一等地のアパートを購入する準備を進めていると言っていた。

一方でリゼットに渡される報酬《ほうしゅう》は、彼らの十分の一程度。この安い部屋を借りるのが精一杯の金額だ。

自分はFランクの下級職だし、魔物も倒せないから仕方がない。【鈍色の水晶】の末席に置いてもらえるだけでもありがたい。報酬《ほうしゅう》に大きな差があっても、そう思って薬作りに励んでいた。

「とにかく早急にお金を稼がないと！　ギルドで受ける依頼の数を増やさなくちゃ……！　あ、でも――」

この宿で調合していると、うるさいとか臭いといった苦情がしょっちゅう舞い込んでくる。

そもそもこの狭い部屋では作った薬品の保管場所もない。必然的に素材を保存しておける場所もなく、調合できる薬品の数は限られてくる。

それでもなんとかやっていくしかない。

リゼットには故郷もなければ家族もいない。数年前に唯一の家族だった母親を失い、食い扶持《ぶち》を探して王都に出てきた。

『いいこと、リゼット。人は簡単に裏切るけど、お金と技術だけは嘘をつかないわ。貴女には私が持つ薬作りの知識と技術を教えてあげる。この先もし一人になることがあったら、これを活かしてお金を稼いで生きていくのよ』

『はい、お母さん』

リゼットの母は優れた薬作りの腕を持っていた。リゼットはそんな母に教わって、薬作りの知識と技術を磨《みが》いた。母を亡くした後は、生前の言いつけ通り薬師として生きていくために王都にやって来た。

しかし王都では、何のコネも実績もない小娘を薬師として雇ってくれるところなどなかった。

王都の薬師は【薬師協会】の規定により、師弟制と定められている。師匠が弟子の身元を保証することで、初めて薬師協会に所属できるようになるのだ。しかし師匠を持たず、薬師協会に認められていない非認可薬師は、商業ギルドや医療ギルドに薬を納品することができない。

そして薬師の弟子になるにも、コネが必要だった。

商人・医療ギルドと薬師協会は、繋がりが深い組織だ。薬師協会と揉めるのを嫌って、それらのギルドは非認可薬師の納品を認めていない。

路上で勝手に商売すると、薬師協会が雇ったごろつきがやって来て、「誰に許可取って店を開いてやがる!」と荒らされる。

唯一の例外は冒険者ギルドだけだった。

冒険者ギルドは薬師協会との繋がりが薄く、協会に認められなかった非認可薬師――調合師も薬を納品することができる。

ギルドのトップであるギルドマスターを初め職員も登録者も武闘派揃《ぞろ》いだ。ごろつきに荒らされることもない。

ただし冒険者ギルドはその性質上、薬品を大量に消費する。安かろう悪かろうの精神で、質はピンキリ。当然のごとく報酬額《ほうしゅうがく》は少ない。

駆け出しの調合師にとっては、多少質が悪くても受け取ってくれる頼もしい取引先だ。

一方で腕のある調合師にとっては、いくら質の高い薬品を作っても安く買い叩かれるのでデメリットが大きい。薬師協会が冒険者ギルドを放置して距離を置いているのには、そういう理由もあった。

調合師であるリゼットが活動できたのは、冒険者ギルドの依頼だけだった。

野原で採取してきた素材を使って調合し、冒険者ギルドにポーション類を納品する。そんな日々を送っていた時、初めてリゼットに声をかけてきたのが、あのリノだった。

『よう！　お前も新人か？　奇遇だな！　俺たちも最近王都に来たばっかりの新人冒険者なんだ』

二年半前、リゼットが十四歳、リノは十五歳の時だった。

リノ、アクセル、メイラ、ダリオは、当時皆駆け出し冒険者だった。

みんな下級職のFランク冒険者で、近くの森の採取や討伐といった簡単な依頼を受けて実績を積んでいった。

上位冒険者たちから見下されてバカにされることもあった。

『俺たち【鈍色の水晶】はまだFランクパーティーだけどよ、いつかこのメンバーで王都一の最強パーティーになってアイツらを見返してやろうぜ！　約束だ‼』

そう熱く語るリノの夢を、リゼットはいいなと思った。

何者でもない自分たちが最強パーティーになる。

最強とかSランクといった評価に興味はなかったが、みんなで一つの夢を目指すのは素敵なことだと思えた。

それなのに、いつしか自分がみんなの夢の足を引っ張る立場に成り下がっていた。

情けない話だが、実際に自分は低レベルだから仕方がない。

一時とはいえいい夢を見させてもらったと思って忘れよう。それより今は最低限の生活をなんとか維持しなくては。

「とにかくお金を稼ごう。お金は裏切らないって、死んだお母さんも言ってたもんね……！」

リゼットはため息をつくと、決意を新たにした。

# 第一章　森の出会い

リゼットは二年半在籍していた冒険者パーティー【鈍色の水晶】を追放された。

それでも食い扶持《ぶち》を稼がなければ生きていけない。

クビを言い渡された翌日。【鈍色の水晶】がギルドにいる時間帯を避けて、ギルドに依頼を探しにいく。

リゼットのようなFランク冒険者、しかも低レベルのソロでは受けられる依頼は限定されている。
・薬草採取　…　報酬《ほうしゅう》：八百ベル
・回復ポーション十本　…　報酬《ほうしゅう》：千ベル
合計で千八百ベルの稼ぎだ。

ちなみにギルド酒場のランチが五百ベル。一番安い薬草スープなら八十ベルで食べられる。

「しばらく薬草スープ生活かなあ……」

依頼を受けて採取地に向かう。一度宿に戻り、冒険の準備を整えて王都の外へ出た。

部屋の狭さや他の客からの苦情を考えると、一度に作れるポーションは十本が限界だ。

しかし、それだけだととても生活できない。薬草採取などの細々とした依頼を並行して受けて、薬作りにかかる材料費を節約しながらギリギリで回していくしかない。

「よし、いこう」

高い城壁で囲まれた王都を出ると、他の都市や村へと繋がる街道が幾《いく》つも伸びている。

街道の脇には森や荒野、果ては洞窟《どうくつ》や古代遺跡などのダンジョンが点在している。

リゼットは比較的人の出入りがある【森の小道】や【近くの森】ではなく、王都の北の外れにある【ティムールの森】に足を向けた。

森の小道や近くの森は有名な採取地ではあるが、人の出入りが激しいので粗方《あらかた》採りつくされている。一方でティムールの森は穴場だ。ここに出没する魔物はそれなりに強いが、そのおかげで一般人や新人冒険者はあまり採取にやってこない。

そこそこ力のある冒険者は来るものの、彼らは魔物退治のほうに気を取られるので、薬草に目を向けることはほとんどない。

リゼットは、自分で調合師したアイテム【退魔の香水・緑】を自分にかけた。

退魔の香水は森に出没する魔物が嫌う匂いを放つ。

魔物を遠ざけてエンカウント率を下げるが、人間が嗅《か》いでも爽やかなハーブの香りしかしない。

この他にも洞窟《どうくつ》に出現しやすい魔物が嫌う【退魔の香水・黒】や、火山地帯に出る魔物が嫌う【退魔の香水・赤】など様々な種類がある。

しかし魔物討伐を生業《なりわい》とする冒険者の間では、まったくといっていいほど人気がないアイテムだ。冒険者たちは「レベルアップするチャンスを遠ざけるなんてどうかしている」と考えているのだ。

商人や旅人相手なら需要があるだろうが、薬師協会からの認定を受けていないリゼットは、ギルド以外には薬品を売れない。

それでもソロでの採取時には役に立つ。そう自分に言い聞かせ、リゼットは背嚢《はいのう》から薬草袋を取り出して採取を始めた。

「この辺りはいい薬草が豊富にあるね」

グリーンハーブにブルーハーブ。薬草と呼ばれる植物は、回復ポーションの素材として優秀だ。

マジックハーブやマナの実。魔法植物に分類される植物は、魔力回復のマナポーションを作る時に役立つ。

毒キノコやパープルハーブ。これらは毒や麻痺毒《まひどく》を持つ植物だが、調合次第では解毒薬を作ることもできる。

調合できるのは回復薬ばかりではない。敵魔物に毒を与える毒薬や、退魔の香水のような魔物を遠ざけるもの、味方の攻撃力や防御力を向上させる【強化薬】も作れる。

もっとも、それらの薬品が冒険者たちに評価されることは滅多にない。

回復はヒーラーが、敵魔物の能力を下げることは魔術師ができる。

しかも調合師の薬と違って、魔力さえあればその場ですぐに発動できてしまう。

マナポーションさえあれば無尽蔵に強化魔法や回復魔法を使えるため、あらゆる面で調合師より使い勝手が良い。

調合師は、ヒーラーや魔術師を雇えない駆け出し冒険者が仕方なくパーティーメンバーに加える存在に過ぎない。それが冒険者たちの共通認識だった。

「今日はこれだけ集めれば十分かな？　うーん、もう少し欲しいかな……」

リゼットは集めた薬草の量を確認しながら呟く。

薬草を沢山採取すれば、その分薬作りの材料費が浮く。それに今回受けたもの以外にも、薬草を募集している依頼が何件かあった。余分に採取して、そっちの依頼にも納品しよう。

もうちょっと奥まで行ってみることにしたリゼットは、さらに森の奥へと足を踏み入れる。

辺りに人がいないこともあって、リゼットは薬草採取にすっかり没頭していた。

そのせいで気付くのが遅れた。自分がいつの間にか、ティムールの森の最深部へ迷い込んでいたことに……

「……おかしいな、ここってさっき通った場所だよね？」

どうやら迷ってしまったようだ。さっきから見覚えのある景色の中をグルグル回っている。

このままでは森で夜を越すことになるかもしれない……そう思った時だった。

突然、背後の茂みがガサガサと揺れた。

「っ、何!?」

リゼットが身構えたその瞬間、木々の間から巨躯《きょく》の魔物が飛び出してきた。

「魔物!?　どうして、退魔の香水をつけているのに!?」

それは体長二メートルを余裕で超える巨大な鬼――オーガだった。

狂暴で残忍な性格で、人の生肉を主食とする魔物だ。

「ウガアアァァァァアァッ!!」

オーガは迷うことなくリゼットに向かって突進してきた。すんでのところでなんとかかわす。

あちこち負傷しているようだ。他の魔物に襲われて逃げてきたのだろうか？　そのせいで退魔の香水も意味を成さなかったのかもしれない。

「いやあああああっ‼　こっちに来ないでくださいぃぃっ‼」

リゼットは叫びながら荷物の中を探った。

【炎のフラスコ】を取り出してオーガに投擲《とうてき》する。

命中したフラスコは炎上し、激しい炎がオーガの全身を包んだ。オーガは苦悶《くもん》の絶叫を迸《ほとばし》らせる。

炎のフラスコは、調合師のスキルで作った薬品である。

耐衝撃性に優れる魔結晶ガラスに、可燃性と爆発性の高い薬品を詰め込み、着弾時の衝撃で爆発炎上するように調合してある。

魔術師が使用する炎魔法・ファイアーボール程度の威力がある。

しかし魔法に比べると素材費がかかる上に、魔結晶ガラスも高い。コスパが悪いと敬遠されがちな薬品である。

「ガ……アァ……アァァ……ッ‼」

オーガはまだ生きている。トドメを刺すアイテムはないかと、リゼットはさらに荷物を探した。

二本目のフラスコを取り出した、その時だった。今度は前方の藪《やぶ》がガサリと動いた。

「大丈夫ですか⁉」

藪《やぶ》を割って出てきたのは、プレートアーマーに身を包んだ騎士たちだった。

白銀の鎧《よろい》には、王家直属の証であるグラジオラスの紋章が刻まれている。王家に仕える王国騎士団の証だ。

王家の紋章を偽造することは死刑に値する大罪である。そんなリスクの高い真似をする不届き者は王都周辺にはいない。彼らは本物の王国騎士だろう。

騎士たちは五人いた。その中でもひと際目立つのが、先頭に立つ大剣を持つ騎士だ。

銀色の髪に青い瞳を持つ若い青年騎士。彼は燃え盛るオーガを見て一瞬驚いたが、すぐに気を取り直した様子で大剣を構え直した。

「そこまでだ、もう逃がさない！　我が剣の前に塵《ちり》となれ——必殺・【雷光一閃《らいこういっせん》】!!」

騎士が大剣を一閃させる。雷を纏った刃がオーガの体を切り裂く。

オーガの上半身と下半身が切り離された。

「ギャアアアア……アアァ……ァ……ッ!!」

両断されたオーガは炎のフラスコの残り火であっという間に焼き尽くされ、黒い消し炭となって崩れ落ちる。

リゼットは呆然としていた。目の前で起きた出来事が信じられなかった。

（ああ、炎のフラスコは一本作るのに二千ベル以上かかるのに……！）

今日受けた依頼の稼ぎは千八百ベルだから大赤字だ。

これから節約生活に入らなきゃいけないのに、もったいない。……いや、そうじゃなくて。

「あの、貴方がたは……？」

騎士たちに声をかける。オーガを両断した銀髪の騎士が振り向いた。

思わず見惚《みと》れそうになる美形だ。彼は整った表情に爽やかな微笑みを浮かべる。

「驚かせて申し訳ありません。我々は王国騎士団の騎士です。俺は副団長を務めるシグルドといいます」

王国騎士団。

クラネス王国内でも選りすぐりのエリートばかりが在籍するという騎士団。

見栄えのいい騎士が多く、若い女性の憧れの的だ。

「どうして王国騎士団の方々がここに……？」

「本日はティムールの森に出没する魔物の調査を行っておりました。しかしオーガを一体討ち逃してしまい、追いかけていたんです」

「ああ、それで私のほうに走ってきたんですね」

やはり追い立てられていたから、退魔の香水の匂いも気にせず走ってきたのだ。リゼットは納得する。

「貴女には恐ろしい思いをさせてしまいました。――申し訳ありません」

シグルドはリゼットの足元に跪《ひざまず》いて頭を下げた。他の騎士たちもシグルドにならって頭を下げる。

リゼットは慌てた。自分は怪我《けが》一つしていない。助けてもらったのだから、謝られる必要はない。

「気にしないでください！　私は皆さんに助けていただいたんですよ。ありがとうございます」

「そう言っていただけると、我々としても救われます。……しかし、俺たちが助ける必要はなかったでしょうかね」

シグルドは黒焦げになったオーガの残骸《ざんがい》を見て苦笑する。

トドメを刺したのはシグルドの一撃だが、オーガを燃やし尽くしたのは炎のフラスコだ。

（はあ……もったいない……）

しかし、いつまでもそんなことを言っていられない。

リゼットは気持ちを切り替えると、改めてシグルドたちにお礼を言う。

「そんなことはありません。とても助かりました」

「いえいえ、どういたしまして」

シグルドと名乗った騎士は爽やかに笑う。

副団長と言っていたが、ずいぶんと若い青年だ。まだ二十歳そこそこといった年齢だろうか。

端整な顔立ちに銀色の短髪。かなりの美青年だ。

何より印象的なのはその瞳だ。冬の湖を連想させる青い瞳が、星のようにキラキラと輝いている。

「民を助けるのは騎士の義務です。特に貴女のようなか弱い女性はね」

「そういうものですか」

「はい、そうなのです！」

シグルドは立ち居振る舞いが洗練されていて、堂々としている。

装備しているのは白銀の鎧《よろい》に、装飾が施された大剣だ。

……なんだか眩《まぶ》しい。圧倒的な陽《よう》のオーラに目が潰れそうだ。

「ところで、お嬢さんはどちらから来られたのですか？　見たところ冒険者のようですが……」

「あ……私はリゼット・ロゼットと言います。冒険者ギルド所属の調合師です。ティムールの森には、依頼と素材集めのために来ました」

「なんと、そうでしたか」

「ですが道に迷ってしまって……どちらへいけば森の外へ出られるでしょうか？」

「この辺りはかなりの奥地です。口で教えただけでは迷ってしまうでしょう。我々もそろそろ引き上げる予定だったので、ご一緒にどうぞ」

「これ以上、騎士団の方にご迷惑をおかけする訳には……」

「冒険者とはいえ女性を一人で森の中に放置するほうが、騎士としてよほど不安になってしまいますよ。なあ、お前たち？」

シグルドが他の騎士たちに笑いかける。騎士たちも同意を示した。

みんな騎士なだけあって、爽やかで紳士的な人々だ。

一度迷ってしまった以上、案内してもらったほうが確実だ。

リゼットは彼らの厚意を受け取ることにした。

「……それでは、お言葉に甘えてもいいですか？」

「もちろん。困っている方を助けるのが我らの仕事です。それに……」

「それに？」

「先程の道具は何なのですか!?　オーガを炎上させてしまうとは、そんな強力なアイテムは見たことがありません!!　どこで入手したのか教えてください!!」

　彼は目を輝かせてリゼットに詰め寄ってきた。

「えぇっ!?　えーと、ごく普通の炎のフラスコですけど……」

「そんなはずはありません！　炎のフラスコは騎士団にも配備されていますが、巨体のオーガを燃やし尽くす威力はありませんよ！」

「そうなんですか？　普通だと思うけどなあ……私の元仲間なんて、炎魔法でオーガを焼いていましたし」

　ふと思い浮かんだメイラの姿が、リゼットを卑屈にさせる。

「失礼ながら、その方の冒険職は？」

「アークウィザードです」

「魔法職の中でも上級職ですね！　冒険者レベルは？」

「レベル五十のSランク冒険者です」

「一流ではありませんか！　確かにそれならオーガを炎魔法で倒すことも可能でしょう。ところで貴女の職業は調合師ですよね？」

「……ええ、まあ」

「先程の炎のフラスコは貴女が作られたのですか？」

「はい、そうですが……」

「……素晴らしい！　調合師が作った薬品が、あんな威力を発揮するなんて聞いたことがありませんよ！　ぜひ詳しく話を聞かせてください！」

「ひぃっ⁉」

「うわぁ、近い、近いです！　落ち着いてください、副団長‼」

シグルドがものすごい勢いで迫ってくる。他の騎士たちが慌てて引き離した。

「おっと、すみません。俺の悪い癖です。民や部下の命を預かる立場なので、強いアイテムには目がないんです。騎士団に配備されたら死傷者を減らせますからね」

「はあ、そうですか……でも、本当に大したことないフラスコなんです。そんなにすごい物じゃないですよ」

リゼットは苦笑しながら言った。なぜ騎士たちがこんなに驚いているのかサッパリ分からないからだ。リゼットにとって、自分にできる程度のことは仲間たちもできて当然だった。

炎のフラスコ程度の威力なら、アークウィザードのメイラが使う炎魔法で出せる。それも材料や調合の手間など必要なく、一瞬で。

魔法に比べると薬の調合には材料費や時間がかかる。冒険の時にも沢山の荷物を持ち歩くことになる。お荷物扱いされていたのは、そのせいなのだから。

「とにかく、詳しい話は王都に戻ってからにしましょう。向こうに騎士団の馬車があります。一緒に来てくださいますか？」

「はい、分かりました。よろしくお願いします」

リゼットは騎士たちに連れられて森の中を進む。

馬車は少し開けた場所に停めてあった。

御者《ぎょしゃ》も騎士ばかり。普段あまり見ない騎士が集《つど》う光景に、リゼットは息を呑んだ。

（うわあ、壮観……）

騎士たちの年齢は若者から中年までさまざまだ。共通しているのは、全員見た目が整っていること。所作も洗練されていて、さすが王家直属の騎士たちだと思わされる。

「皆、待たせたな！　オーガは打ち倒したぞ！」

「副団長！　おかえりなさい！」

「さすがは副団長です。お見事です」

彼らは副団長であるシグルドが戻ってくるのを待っていた。シグルドの帰還に気付くと一斉に敬礼する。

「おや、そちらのお嬢さんは？」

「こちらは冒険者のリゼットさんだ。オーガを倒すのに協力してもらった」

「そうでしたか。リゼット殿、ありがとうございます」

「い、い、いえ、わた、私なんて、ちょっと薬品を投げただけですから……！」

騎士たちに頭を下げられて、リゼットはわたわたと両手を振る。

「謙遜《けんそん》する必要はありませんよ、リゼットさん。副団長の俺から見てもお見事でした！」

シグルドがウインクする。他人から褒められるのに慣れていないリゼットは、口から心臓が飛び出そうになった。

「ひいぃ……っ⁉」

「申し訳ありません。驚かせてしまいましたか？」

「それはそうですよ、副団長。これだけの騎士が揃《そろ》っているのは珍しいでしょう」

「皆、気のいい部下たちです。ご安心くださいね」

シグルドは爽やかな笑顔を浮かべている。悪意は感じられない。純粋に気遣ってくれているのだろう。

だが彼の眩《まぶ》しさに目が潰れてしまいそうだ。この場から逃げたい。

「あ、あのう、気分が少し優れないので、一人になってもいいですか……⁉」

「おっと、そうでしたね！　リゼットさんはオーガに襲われて怖かったんですよね。気が利かず申し訳ありません！」

「ひっ⁉　あ、頭を上げてください……‼　わた、わた、わた……‼」

「わた？」

(私なんかに頭を下げる価値はありませんから‼)

そう言いたかったのに、緊張のあまり言葉がうまく出てこない。

シグルドは怪訝《けげん》そうにリゼットを見ていたが、すぐにポンと手を叩く。

「ああ、綿！　つまりリゼットさんは寒いのですね！」

「え？　……は、はい⁉」

「お前たち、彼女に毛布を！　温かい飲み物も用意するように！」

「はい、了解しました！」

シグルドが指示を出す。

リゼットはあれよあれよという間に、温かい毛布で全身ぐるぐる巻きにされ、手にはホットミルクを押し付けられてしまった。

訳がわからないままミルクを一口飲む。温かくておいしい。

(ええっと、これってどういう状況？)

どうして自分は騎士たちにもみくちゃにされているのだろうか？

困惑するリゼットを他所《よそ》に、騎士たちはテキパキと動き回る。

「他に欲しいものはありませんか？」

「い、いいえ、大丈夫です……」

「遠慮なさらずに。何でも仰ってください。蜂蜜《はちみつ》入りの菓子はいかがですか？　チョコレートは？」

「本当に結構ですから……というか、そんな贅沢なものを持ち歩いているんですか……？」

「万が一遭難した時の栄養補給用に持ってきていたのです。沢山ありますから、好きに食べてください！」

「そ、そんなに大事なものをいただけませんよ！　私のことは気にしないでください！」

「そうですか……リゼットさんは謙虚な女性なのですね」

シグルドは爽やかに笑う。あまりに屈託なく悪意のない微笑みに、リゼットは言葉を失った。

この人、絶対に良い家の出身だ。そして天然だ。間違いない。

「お前たち、リゼットさんを馬車まで案内して差し上げろ」

「はっ!!」

リゼットは騎士たちに囲まれて、馬車へ案内された。

「や、やっと一人になれた……ん?」

馬車に乗り込んでほっとする。が、馬車の中には先客がいた。一人の少年が壁に背をもたせかけて座っている。

年齢はリゼットと同じくらいか、少し年下か。紫の髪を肩の上で切りそろえた、赤い瞳の少年だ。騎士とは違い、黒いローブを羽織《はお》っている。しかしその顔立ちは、外で見た騎士たちよりも整っている。とんでもない美少年だ。

「ん?」

彼はリゼットが入ってくるのに気付くと顔を上げる。

宝石にも似た赤い瞳に見つめられて、リゼットの心臓が飛び跳ねる。

「あ、あの、私、リゼット・ロゼットといいます。森の奥でオーガに襲われていたところ、騎士団の皆様に保護していただきました」

「ああ、そうなのかい。僕は王国騎士団で魔道具の開発をしているユーリスだ。今回は新しい魔道具の動作を確認するために同行しているんだ」

「ユーリスさん、ですか」

彼は見た目が麗《うるわ》しいだけでなく、声も美しい。鈴を転がすような声色にドギマギしてしまう。

「ところで、見たところ一人みたいだけど。どうしてこんな森の奥にいたんだい？」

「わ、私は冒険者で、冒険職は調合師です。森の奥で薬の素材を採取していたんです」

「冒険者で調合師？　あの不遇職の？」

「ふ、不遇職っ⁉」

「一般的には、調合師の回復薬より回復職の回復魔法のほうが良いと言われている。それに、調合師の爆薬よりも魔術師の攻撃魔法のほうが良いとも言われているね」

「ううう、そうですけど……薬なんて誰にでも作れますもんね……あははは……」

そんなことは分かっている。だけど昨日パーティーを解雇されたばかりだから、さすがに凹《へこ》む。

しかもこんな美少年に指摘されて、余計に居たたまれない。

思わず乾いた笑いが漏れる。するとユーリスは急に真剣な顔になった。

「もっとも、世間の評価が真実とは限らないけどね」

「え？」

「僕もよく言われるのさ。魔道具より魔法を直接使ったほうが早いじゃないかってね。でも僕はそう思わない。魔道具は技術だ。技術は国の宝だ。僕は自分の研究が、この国の未来に役立つと信じているよ」

「ユーリスさん……」

「薬作りだって技術だよね。キミは、自分の作った薬が誰かの役に立つと信じられない？」

「そ、そんなことはありません！　私、薬作りは死んだお母さんに教えてもらって……薬作りの技術には自信があります！　他は全然ダメだけど、薬作りだけは！」

「それならいいんだ。自信がない人の作った薬なんて誰も使いたくないからね」

ユーリスはクスリと流し目で笑うと、リゼットに右手を差し出した。

「よろしくね。弱気な調合師さん」

「は、はい。よ、よろしくお願いします」

差し出された手を握り返す。

ユーリスの手は白くて滑らかで、まるで陶器を思い起こさせる。

それでも触れていると、温かな体温が伝わってきた。

精巧な人形のごとく整った顔立ちをしているけど、やっぱり人間なのだと実感する。

二人が手を離したタイミングで、馬車がゆっくりと走り出す。

ユーリスは膝の上に乗せた長方形の板に目を落とした。調理用のまな板ぐらいの大きさだ。

表面には何やら数値や図形が表示されている。リゼットは首を傾げた。

「それも魔道具ですか？」

「そうだよ。僕が開発したタブレットだ。今回の討伐に同行したのも、この魔道具の性能を実戦で確かめるためなんだ」

「戦闘用の魔道具なんですか？」

「いいや違うよ。これはね——」

ユーリスが言いかけたところで森の中に轟音《ごうおん》が響き、馬車が大きく揺れた。

「ひいぃっ⁉」

「おっと！」

リゼットとユーリスは大きくバウンドする。バランスを崩したリゼットをユーリスが受け止めた。

ふわりといい香りが鼻先を掠《かす》めた。ユーリスは男の人なのにいい匂いがする。

それに比べて自分はどうだろう。昨日はお風呂に入ったけど、今日一日採取していた。汗をかいていて臭うかもしれない。

「ご、ごめんなさい！　すぐ離れますね‼」

「気にしないで。それより今の音、外で何かあったのかな」

「わ、分かりません。……ちょっと外を見てみます」

リゼットは馬車の扉を開ける。……外は明らかに異様な雰囲気に包まれていた。

何かが近付いてくる気配がする。

それは徐々に大きくなり、やがて巨大な魔物の姿が見えた。

ズルッ……ズルゥッ……ヌチャアッ……

巨大な岩石のような影が、粘質な水音を伴って這《は》い寄ってくる。

周囲の木々を薙《な》ぎ倒《たお》して、まっすぐこの馬車に向かってきている。

その魔物はティムールの森の最深部にあって、噂《うわさ》によると冥界に繋がっている底なし沼に生息すると囁《ささや》かれる化け物。

巨大な胴体に九つの首、猛毒を持つSランク魔物【ヒュドラ】だ。

「う、嘘……まさか、ヒュドラ⁉」

「あれが何か知っているのかい？　さすが冒険者だね」

「有名なんですよ！　冒険者ギルドのAランクパーティーですら、討伐に失敗して全滅したと噂《うわさ》されている化け物ですよ‼」

「Aランクパーティーが全滅……それはまずいな。このままだと馬車ごと飲み込まれるかもしれない」

リゼットは頭を抱える。ヒュドラは巨大水蛇《きょだいみずち》との異名を持っている。要するに蛇だ。

蛇に丸呑みにされる自分を想像して戦々恐々とする。

だが、シグルドは冷静だった。馬車から飛び降り、部下の騎士と隊伍《たいご》を組んで腰の剣を抜き構える。

他の騎士たちもシグルドに倣《なら》ってそれぞれの武器を構えた。

「リゼットさんとユーリス様は馬車の中に避難していてください！　ここは我々が食い止めます‼」

「でも……！」

「大丈夫です、ご安心を！　王国騎士団の名にかけて、シグルド・ジークムントの誇りにかけて、貴女方を守り抜いてみせましょう！　我々の力をご覧あれ‼」

シグルドは大仰《おおぎょう》な口上を並べ立て、ヒュドラへ駆けていく。他の騎士たちも後に続いた。

先頭を走るシグルドの刃がヒュドラの首の一つを切り落とす。

「流石《さすが》はシグルド副団長！　もう首を一つ落としたぞ！　俺らも負けていられませんよ！」

「皆の者は俺に続け！　ただしヒュドラの血には注意しろ！　あれは猛毒だ!!」

シグルドの号令に呼応するように、騎士たちは雄叫《おたけ》びを上げて突っ込んでいく。

騎士たちは各々の攻撃を繰り出し、ヒュドラにダメージを与えていく。

しかしヒュドラは九つもある首を巧みに動かし、騎士たちの攻撃を受け流す。そして隙を見て反撃に出る。

シグルドや他の騎士たちが切り落としたはずの首が再生していく。ヒュドラには再生能力があるようだ。

「ふん……再生能力か。厄介だね。あれではいくらシグルドたちが首を切り落としてもキリがない」

ユーリスがタブレットの画面をスクロールしながら呟いた。

「ユーリスさん、それは……」

「対象のステータスを解析できる装置さ。今みたいな状況なら、敵魔物の生体や弱点を分析できる」

タブレットの表面に文字と数値、図形が表示される。

「……ヒュドラ。Sランクの魔物。猛毒を操り、九つある頭のうち八つは切り落とされても際限なく再生する。弱点は火らしいけど……この場に炎魔法を使える魔術師はいない。シグルドたちが勝てるかどうか……」

「じゃあシグルドさんたちは……」

「このまま戦い続ければ、体力を失って全員食い殺されてしまうかもね」

シグルドたち騎士団が死ねば、リゼットは一人で王都に戻らなければならない。

いや、それどころか無事に王都まで戻れるかどうか分からない。ここでヒュドラに全員殺される最悪の未来もありえる。

「ぎっ——ぎゃあアアアアアッ‼」

騎士の一人が絶叫する。

最悪なことに、ヒュドラは毒液を吐く。再生した頭に毒液を吐きかけられた騎士の一人がのたうち回って咆哮《ほうこう》している。

……こうなってはもう放っておけない。リゼットは背嚢《はいのう》からありったけの炎のフラスコを取り出した。

「リゼット？」

「他のことは全然ダメだけど……薬作りだけは！」

薬作りの技術と知識に関してだけは、自信がある。

リゼットは炎のフラスコをY字型のスリングショットに固定してゴムで引き延ばすと、ヒュドラに向かって発射した。

【アイテムスリング】。調合師が習得できる、数少ない調合以外の投擲《とうてき》スキルだ。

炎のフラスコは真っ直ぐヒュドラに向かって飛んでいき、命中して爆発炎上を起こした。

ヒュドラはのたうち回る。そして弱点である炎を浴びたことで、再生速度が落ちているようだった。

「今です！　シグルドさん!!」

「感謝しますよ、リゼットさん!!」

シグルドは剣を構え直して駆け出す。その時、シグルドの身体を淡い光が包んだ。

「ヒュドラよ、お前は強敵だった……だがここまでだ！　喰《く》らえ！　光属性付与の秘剣──【聖刃】!!」

刀身が眩《まぶ》しいほどに光り輝き、次々とヒュドラの頭を切り落としていく。

六つ、七つ、八つ──炎のフラスコの効果で再生速度が落ちているせいで、ヒュドラの頭は再生しない。

そしてついに、最後の一つ、九つ目の頭をシグルドが切り落とした。

ヒュドラはすさまじい絶叫を迸《ほとばし》らせる。頭部をすべて失った巨体が地面に倒れる。

ズズゥン……!!　土煙が立ち昇る。

やがて視界が開ける。そこには絶命してピクリとも動かなくなったヒュドラの亡骸《なきがら》が転がっていた。

「やった！　やりましたね、副団長！」

「さすがは王国最強と謳《うた》われる剣の使い手です！」

騎士たちは歓喜の声を上げ、勝利を祝って抱き合ったりお互いを称えあったりする。

一方、リゼットは呆然としていた。

Aランクパーティーすら全滅させてしまった魔物を、シグルドはたった一人で葬《ほうむ》ってしまった。

とんでもない実力の持ち主だ。あの【鈍色の水晶】のリノより強いかもしれない……

ユーリスも顔を出して呟く。

「さすがは王国最強の騎士【王家の至剣】のシグルド・ジークムントだ」

「王国最強の騎士……そうだったんですね」

只者《ただもの》ではないと感じていたけど、まさかそれほどの人物だったとは。

「まあ今のは、キミのアシストが優秀だったおかげもあると思うけどね。さっきの武器はなんだい？ ……え、炎のフラスコ？ そんなバカな。あれだけの爆発炎上を起こしてヒュドラの再生をも妨害する炎のフラスコなんて、聞いたことがないよ」

「そう言われましても。本当に炎のフラスコなんですけど……」

「……まあいいか。それより、毒を食らった騎士たちは大丈夫かな？」

ユーリスの言葉にリゼットはハッとして顔を上げる。

そうだ、今は勝利を喜ぶよりも先に、騎士たちの無事を確認しなくては。

リゼットは馬車を降りて、ヒュドラの毒を浴びた騎士たちに駆け寄る。

無事な騎士が毒消しを飲ませたり、薬を塗ったりしているが、あまり効果はないようだ。

毒を食らった騎士たちは真っ青な顔をしてビクビクと痙攣《けいれん》したり、白目を剥《む》いて泡を吹いたりしている。

無理もない。ヒュドラの毒は猛毒だ。通常の毒消しでは除去しきれない。

「まずいぞ、このままでは死んでしまう！」

「もっと毒消しを投与するんだ！」

「ダメです、回復魔法の【メディポイズン】も効果がありません!!」

回復魔法を使える者がメディポイズンを使用するが、やはり意味はなかった。毒を受けた騎士はどんどん衰弱していく。

シグルドを始めとする騎士たちは震えた。目の前の毒を受けて苦しんでいる仲間たちを治す手段がない。

そんな中、リゼットだけは諦めなかった。毒を食らった騎士の一人に駆け寄り、素早く症状を見る。そして頭の中で迅速に理論を構築していく。

考えろ。考えるんだ。どうすればいい？　こんな時、母ならどんな薬を作る……？

「……シグルドさん。ヒュドラのお腹を割いて肝臓を採取してください」

「リゼットさん？」

「この手の生物の猛毒には、本体が持つ毒液で作った特効薬が効きやすいんです。幸い私は調合セットをいつも持ち歩いているし、採取したばかりの薬草もあります。あとはヒュドラの毒液さえあれば特効薬が作れるはず」

「本当ですか!?」

「この人たちは助かります！　私が助けます！　私の言う通りにしてください!!」

「分かりました!!」

リゼットはシグルドに指示を出し、シグルドはすぐに行動に移った。

ヒュドラの腹部を剣で切り裂き、肝臓を取り出した。

「素手で触らないでくださいね。毒を食らってしまうかもしれないので……後は私に任せてください」

リゼットはヒュドラの肝臓を受け取って、慎重に毒液を採取して乳鉢に入れる。

別の乳鉢では、複数の薬草をすり混ぜる。

スポイトでそれぞれの液体を採取する。それを底の丸くなったフラスコに一ミリグラムの間違いも起きないよう入れ、混ぜる。

順番を間違えてもダメだ。わずかなミスが、取り返しのつかない失敗に繋がってしまう。

……分離せず、きちんと融合しているようだ。

次に、細かく刻んだ蒸留草を加えて弱火にかける。

フラスコの中身が青白く発光し、ほのかに甘い香りが漂《ただよ》ってきた。ここが大事なポイントだ。

リゼットは光が強くなりすぎず、弱くなりすぎない絶妙なラインを見極める。

ちょうど良いタイミングで火から離し、用意しておいた陶器の器にフラスコの中身の液体を注いで素早く冷ます。

冷めたのを確認したら、透明な上澄《うわず》みの部分をすくい上げて別のフラスコに入れる。

「それがヒュドラの毒の特効薬ですか?」

「はい。でもまずは効果を確かめる必要があります」

リゼットはそう言うと、シグルドが採取したヒュドラの肝臓に目を向ける。

そして躊躇《ためら》うことなくヒュドラの毒の原液を口に含んだ。

「なっ⁉　何をしているのですか⁉」

「く……薬の効果を確かめるためです……新薬を人に飲ませる以上、まずは自分の体で試験しないと……！」

「な、なんて覚悟だ……！」

シグルドは驚愕した。

ヒュドラの毒は猛毒だ。普通の人間ならば、たちまち命を落としてしまう。

リゼットの全身を燃えるような熱さが包み、突き刺すような痛みが走る。手足が震えて視界が揺れる。吐き気もこみ上げてくる。

リゼットは震える手で作ったばかりの解毒薬を飲み込む。……すると、すぐに症状が落ち着いてきた。

この手の猛毒は回るのが速い。だが、その毒液を使って作った薬にも即効性がある。

リゼットは賭けに勝った。

自分の体から毒が抜けたのを確認する。リゼットは額の汗を拭いて、シグルドにフラスコを手渡した。

「さあ、仲間の皆さんにこれを飲ませてください。ヒュドラの毒液で作った解毒薬です。今みたいに、体内に侵入したヒュドラの毒を消してくれます」

「リゼットさん、貴女という人は……ありがとうございます!!」

シグルドは眩《まぶ》しいものを見るようにリゼットを見つめ、深々と頭を下げた。

そして苦しんでいる騎士のもとへ駆け寄り、その口に解毒薬を流し込む。

毒に苦しんでいた騎士の顔色は、みるみるうちに良くなっていった。高熱と汗が引き、ゼイゼイと苦しそうだった呼吸も穏やかになり、吐き気も収まったようだ。

短時間で消耗したせいですぐに立ち上がるのは無理そうだが、一晩休めば元通りになるだろう。

シグルドたちは手分けして、他にもヒュドラの猛毒を食らった騎士たちに解毒薬を飲ませていった。


おかげで三十分も経つ頃には、先程までの地獄絵図のような光景は消えていた。

「これで全員回復したみたいですね」

「なんとお礼を申し上げたらいいか……貴女がいなければ、我々は今頃どうなっていたか……！」

シグルドは深々と頭を下げ、リゼットの手を掴んで謝意を示す。

男の人に手を握られる機会なんて今までほとんどなかったリゼットは、思わず身を引いてしまう。

「い、いえ、私は少しお手伝いをしただけです。ヒュドラを倒したシグルドさんたちのほうがすごいですよ」

「ヒュドラを倒せたのも、貴女の炎のフラスコのおかげですよ。やはり貴女の作る薬の効果はすさまじい……俺は感動しました！　薬作りの知識はもちろん、咄嗟《とっさ》の判断力と行動力にも感服しました。リゼットさんはさぞ高名な調合師なのではありませんか？」

「いいえ、私はただの底辺冒険者の調合師です……死んだ母が薬学を教えてくれたから詳しいだけです。冒険者レベル三のゴミみたいな冒険者なんです。パーティーではカス同然のお荷物扱いされていたぐらいで……」

「ご、ゴミ？　カス？　お荷物⁉　そんなバカな！　リゼットさんほどの御方なら、我々王国騎士団で雇用したいぐらいですよ！」

「お、大袈裟《おおげさ》ですよ」

リゼットは首を振る。しかしシグルドは譲らなかった。

「いいえ、これが大袈裟《おおげさ》なものですか！　貴女は的確にヒュドラの弱点を見抜いて弱体化させ、味方をサポートしてくれました。瞬時にヒュドラの毒の解毒方法を判断し、短時間で解毒薬を調合してくれたのですよ」

「でもヒーラーが一人いれば足りることですし……」

「ヒュドラの猛毒はプリースト以上の高位ヒーラーでなければ解毒できないでしょう。今だって、通常の解毒魔法のメディポイズンでは効果がありませんでした」

そういえば、そうだった。

「しかもリゼットさんは薬の効果を確認するために、自分でもヒュドラの毒を飲んだ。これは誰にでもできることではありません。勇ましく、そして高潔な覚悟です。貴女は間違いなく一流の調合

師です。俺が断言します！」

「あ……ありがとうございます」

まさかここまで褒められるなんて思っていなかった。

今までずっとパーティーでお荷物扱いされてきた。

こんなに褒められると居心地が悪くなる。まるで自分とは釣り合わない高い評価を受けているようで……

「……」

もしかして何か裏があるのでは？　と勘ぐってしまう。

(そういえば、昔お母さんが言っていた。褒め殺しをしてくる人には裏があるかもしれない。簡単には信用するなって)

豚をおだてて木に登らせて、地面に落ちる姿を見て笑いたいのでは？

褒められていい気にさせられ、高額な壺とかを買わされるのでは？

王都の一部界隈《かいわい》で流行っているネズミ講というやつでは？

巧みな話術でコントロールして、何か悪いことに加担させる気なのでは？

そうだ、そうに決まっている。

こんな万年下級職のド底辺地味陰キャ調合師を褒めるなんて、絶対裏があるに違いない！

裏がなかったとしても、これはアレだ。いいことの後に悪いことが起きるパターンだ。

リゼットのこれまでの人生は万事がそんな感じだった。

ここでいい気になってはいけない。自己評価は低すぎるぐらいでちょうどいい。

自分の人生に何かいいことが起こるなんて期待してはいけない。いけないのだ。

「リゼットさん、どうかしましたか？」

「いいえ、なんでもありません。それより早く森を出ませんか？　騎士の人たちを早く安全な場所で休ませてあげましょう」

リゼットは誤魔化《ごまか》すように言った。

「それもそうですね。ではいきましょう！」

シグルドは納得してくれたようで、リゼットたちは騎士たちを護衛しながら森の中を進んでいった。


数時間後、一行は森の外に出た。

王都キーラの城門が見えてきた。リゼットは停車した馬車を降りて、大きく伸びをする。

「うーん、やっと外に出られた……！」

「本当にリゼットさんに助けられました。改めてお礼を言わせてください」

「いいえ、皆さんが無事で良かったです。それじゃあ私はこれで失礼しますね。ありがとうございました。それではごきげんよう」

リゼットは丁寧に頭を下げ、そのまま踵《きびす》を返して帰ろうとする。

「あ、ちょっと待って、リゼット！」

すると、ユーリスに呼び止められた。リゼットは内心ギクッとしながら振り返る。

やっぱり変な書類に契約させられたりするのだろうか？

それとも怪しい宗教に勧誘される？　変なビジネスに巻き込まれる？　成分の怪しい石鹸《せっけん》を毎月何個売ってくれとか頼まれる？

だが、ユーリスが口にしたのは意外な言葉だった。

「実は今回の件で、キミに報酬《ほうしゅう》を支払いたいんだけど」

「………………へ？」

「ヒュドラ討伐に多大なる貢献をしてくれたしね。それ相応の金額を支払うよ」

「……報酬《ほうしゅう》!?」

「キミが使用した炎のフラスコや、作ってくれたヒュドラ解毒薬はそれなりに素材費がかかるんだろう？　あれは僕たちが買い取ったことにしよう。後日、報酬《ほうしゅう》と一緒に代金を支払わせてもらうよ」

「ほ、本当ですか!?」

それは助かる。非常に助かる。

何せこっちはパーティーを追放されたばかりで、次なる食い扶持《ぶち》が見つかっていない。

それなのに来月宿代は値上げされるし、しばらく三食薬草スープ生活を覚悟していたところだった。

「うん。もちろんだよ。それでキミの住んでいるところは――」

「王都キーラ城下町東区三丁目八十二番地の宿屋コウモリ亭二〇四号室です!!　よろしくお願いします!!」

「え……えっと……随分と細かい場所まで教えてくれるんだね」

「はい、なにせお金がかかっていますから!!」

リゼットとしては褒められたり感謝の言葉を伝えられたりするよりも、お金をもらえるほうが十倍ぐらいありがたい。

「そ、そう。分かった。じゃあ、今度こそ僕はいくけど、リゼットも気をつけて帰るんだよ」

「はい、ありがとうございます!!　それではまた!!」

リゼットは深々と頭を下げて、一目散に駆け出した。

もう騙《だま》されるかも、なんて考えていなかった。

自分は彼らの窮地《きゅうち》を救った。その際にいくつかアイテムを使った。彼らはそのアイテム代を払ってくれるのだ。

「くっふふふ……！　市場相場だと炎のフラスコは一本三千ベル、ヒュドラの解毒薬は一本八千ベル……！　炎のフラスコは三本使ったし、ヒュドラの解毒薬は五本分使ったから……合計四万九千ベル！　来月の宿代を払っても九千ベルが手元に残る！　やった!!」

そうだ、今夜はケチケチせずに少しいいお店でいい夕食を頼んでしまおう。

最近はまともな物を食べていなかった。久しぶりにお肉が食べたい。

リゼットはスキップをしながら、意気揚々と夜の王都を駆けていった。

◇◆◇

一方、騎士団本部へ向かう途中の馬車の中でシグルドは腕を組んでいた。

「何を膨《ふく》れているんだい、シグルド？」

「ユーリス様……」

「さっきのリゼットのことかい？　キミが褒めても一切なびかないどころか警戒心を露わにしていたのに、僕の言葉に喜んでいたのが気になるのかい？」

ユーリスはタブレットを膝の上で伏せると、クスリと笑ってシグルドを流し目で見やる。

シグルドは憮然《ぶぜん》とした表情のまま、左右に首を振る。

「いいえ、そういう訳ではありません。……俺は騎士です。クラネス王国の第三王子であるユーリス様に嫉妬《しっと》するなんてありえません」

「キミは正直者だね。僕は一言も嫉妬《しっと》だなんて言っていないのに」

「むぐ……！」

「語るに落ちたね、シグルド」

ユーリスは面白そうに笑う。シグルドは顔が熱くなっていくのを自覚していた。

「それに第三王子と言っても、僕の母は公妾《こうしょう》にすらなれなかった庶民の娘だ。母の身分が低いから王位継承権すらない」

クラネス王国では、国王は公妾《こうしょう》を持つことを許されている。

しかし公妾《こうしょう》として認められるのは、外交や内政に有利な名家の女性だけだ。庶民の娘を公妾《こうしょう》とすることは、認められていない。

ただし生まれた子供は国王の血を引いているので、王宮に引き取って育てる。

ユーリスは、そんな境遇に生まれた王子である。

「だから魔道具研究で名を残そうとしている。キミが引け目に感じることはないさ」

「お言葉ですが、ユーリス様。俺は貴方を尊敬しております。ユーリス様の魔道具にはこれまで何度も助けられました。貴方には王家の血だけではなく、努力により培《つちか》われた知性があります」

「……ありがとう」

「そんなユーリス様のお言葉だからこそ、リゼットさんの心にも届いたのではないでしょうか。……ユーリス様に比べたら俺なんて、たまたま騎士の名家であるジークムント家に生まれ、たまたま美しい容姿を持ち、たまたま剣の才能もあったために出世して、最年少で騎士団の副団長に就任し、次期団長候補筆頭と噂《うわさ》され、王国の至剣と持て囃《はや》されているだけです。……ああ、己の恵まれた才能と境遇が恐ろしい！」

「相変わらず自己肯定感が高いな、キミは」

そしていちいち大袈裟《おおげさ》に芝居がかっている。

何かと自信がなさそうだったリゼットとは、正反対である。

ちなみにジークムント家は王侯貴族と親交が深く、いざという時には軍権も与えられる。

貴族であるよりも武人でありたいという信念から騎士の立場を強調しているが、家長は代々侯爵の位を賜《たまわ》っている。

「ていうか、リゼットは単純にお金に反応しただけだと思うけど。彼女は冒険者として生計を立てているみたいだし。お金に困っていたんじゃないかな」

「そうなのでしょうか」

「きっとそうだよ。ほら、見てみなよ」

ユーリスは抱えているタブレットの画面を見やる。

そこにはリゼットのステータス――能力値が表示されていた。その数値を見ながら、ユーリスは薄く笑みを浮かべる。

そのタブレットは、彼が開発した最新型の解析装置である。

解析対象が人間なら、レベルやステータス、スキル等が表示される。

解析対象が魔物なら、特性や弱点や使用魔法や必殺技が表示される。

冒険者ギルドで流通している【ステータス解析装置】の発展型だ。

より詳しい内容が測定できるが、まだ試作段階で市場には流通していない。

冒険者ギルドのステータス解析装置では、詳しい測定が行えるのは冒険者レベルだけだ。

だがユーリスの改良した【シン・ステータス解析装置】では、冒険者レベル以外に新たに職業レベルの数値が測定できる。

「冒険者レベルは、魔物を討伐した際に得られる『経験値』によってアップする。裏を返せば、魔物を倒さなければいつまで経ってもレベルアップできない」

「そうですね」

「しかし今までの測定方法だと、生産職があまりに不利だ。他にも冒険者の能力を測定する方法があるんじゃないか。そんな疑問を抱いてシン・ステータス解析装置の研究を始めた。あのリゼットという娘は、正に僕の仮説を裏付けてくれる存在だったよ」

「こ、これは……!?」

タブレットを覗き込んだシグルドが驚く。

「リゼット・ロゼット……冒険者レベル三……調合師レベル九十九ですか!?」

表示されたリゼットのステータスは、冒険者レベルと職業レベルがとんでもなく乖離《かいり》していた。

「ギルドの基準だと、冒険者レベル五十前後でSランク冒険者として扱われるのだろう？　その基準に照らし合わせると、リゼットは冒険者としては底辺でも、調合師としてはＳＳＳランクってところかな」

「これが……彼女の実力!?　一体どうしてこれほどの人材が、低レベル冒険者として埋もれているのですか!?」

「システムの問題だね。冒険者ギルドでは冒険者レベルしか測れない。でも今後このシン・ステータス解析装置が流通するようになれば、今まで不遇だった生産職や支援職にも光が当たるようになる。その時こそ、冒険者がさらに幅広く活躍する時代がくる」

「なるほど……確かにそうかもしれませんね。しかしこれほどの調合師なら薬師協会に所属して、そちらで活躍すれば良かったのでは？」

「今の薬師協会はコネと利権の温床だ。何のコネもない人間は門前払いされて終わりだ。それこそ、リゼットのようにね」

「くっ……！　リゼットさん、なんて不遇な境遇にあるのでしょうか！　あれほど素晴らしい女性なのに……！」

「まあ落ち着きなよ。他の連中が彼女の価値を理解しないのなら、僕たちが拾ってやればいいのさ」

ユーリスは楽しげに笑うと、リゼットのステータスを眺めながら言った。

「リゼットを騎士団にスカウトしよう。彼女は間違いなく天才だ。このまま埋もれさせておくのは宝の持ち腐《ぐさ》れだ」

「はい、同感です！　必ずやリゼットさんを救ってみせます。シグルド・ジークムントの名にかけて！」

「頼んだよ、シグルド副団長。彼女に相応《ふさわ》しい環境を用意してくれ」

「承知しました。胸のグラジオラスの紋章に誓い、彼女のために最高の環境を整えるとお約束します！」

シグルドは力強く宣言する。

彼は自分たちの窮地《きゅうち》を救い、部下の命を助けてくれたリゼットにすっかり惚れ込んでいた。

薬を調合している時の真剣な表情も良かった。

新薬を人に飲ませる前に、自分の体で効果を試す覚悟にも心を打たれた。

過ごした時間は短時間だが、シグルドは彼女を思うと胸の内が熱く燃え滾《たぎ》るのを感じていた。

女性にこんな感情を抱くのは初めての経験だ。

――絶対に彼女を救ってみせる。

シグルドは心に固く誓った。

◇◆◇

ティムールの森で騎士団のヒュドラ退治を手伝ってから一週間が過ぎていた。

リゼットは死にかけていた。なぜなら頼みの綱だった報酬《ほうしゅう》がまったく届かないからだ。

あれ以来、教えた住所に何の音沙汰《おとさた》もない。

もしや留守中にこっそり使いの者が来て、お金を置いていってくれたりしていないかと、淡い期待を抱いたりした。

だが店主に聞いても、リゼットへの訪問客は来ていないと首を傾げられてしまった。

「ううぅぅぅ……信じた私がバカだった……やっぱり私みたいなド底辺陰キャの根暗ゴミ虫は人生に期待しちゃダメなんだ……」

あの日の夜、うっかり乗せられていい気分になり、王都に新しくできたレストランで一食三千ベルのディナーを奮発して食べてしまった。

そのせいで、冒険者ギルドで受けた依頼の報酬《ほうしゅう》がすべて消し飛んだ。来月の宿代を払える目途も立たない。

このままでは一日三食薬草スープのみどころか、一日一食薬草スープのみの生活も視野に入れないといけない。

「うぐっ……お腹空いた……」

リゼットはフラフラになりながらも、昨日ギルドで受注したポーション十本納品の依頼をこなす。

これで千ベルは入手できる。たった千ベルである。

ないよりはマシだが、これでは来月の宿賃四万ベルには到底届かない。

来月にはあの粗末《そまつ》なコウモリ亭すら追い出されて、スラムで野宿することになっているかもしれない。

「ど、どうにかしてお金を手に入れないと……！」

リゼットはよろめきながら冒険者ギルドに到着する。

ギルドの扉を開くと、おいしそうな肉の焼ける匂いが漂《ただよ》ってきた。リゼットはごくりと唾《つば》を飲む。

冒険者ギルドに併設されている酒場では、昼間は酒類を出していない代わりに、ランチをやっている。

今日の日替わりランチはチキンステーキだ。ガーリックソースの香ばしい香りが食欲をそそる。

リゼットのお腹が鳴る。空っぽの胃を手で押さえ、なんとか耐えながらギルドの納品カウンターに向かった。

「すみません……回復ポーション十本納品の依頼が完了しました……」

「あいよ、ご苦労さん」

受付嬢は昼休憩に出ているらしく、ギルドマスターが回復ポーションを受け取った。

納品されたポーションを点検する。ギルドマスターは目を光らせて、リゼットの頭のてっぺんからつま先をジロジロ眺めた。

「んん～？　このポーション、なんだか色が悪くないか？」

「へ？　いいえ、普通ですけど？」

「い～や、どう見ても色が悪いな。普通の回復ポーションはもっと落ち着いた緑色だが、こいつは妙に明るい蛍光色をしているじゃないか。なんだか口に入れたくない色合いだな。悪いが報酬《ほうしゅう》は減額させてもらうぞ」

「ええっ⁉　ちょ、ちょっと待ってください！　そんなの困ります、私はちゃんと規定通りの品質の回復ポーションを持ってきました！　成分を解析してくれれば分かります！」

「品質は問題なくても見た目がなあ～。ポーションとはいえ飲み物である以上見た目は大事だぞ。いくら冒険者でも飲食物には保守的なモンだ。こんな蛍光緑のポーション、値段を下げなきゃ買ってくれねェよ。報酬《ほうしゅう》は七百五十ベルな。ほらよ、受け取りな」

ギルドマスターはリゼットの抗議を無視して、乱暴に袋を投げ渡してくる。

中身を確認してみる。……本当に七百五十ベルしか入っていなかった。

「こ、こんなの、あんまりですよ⁉」

「文句を言うんじゃねェよ。こっちだって慈善事業じゃないんだ。不良品を押し付けられちゃ迷惑なんだ」

リゼットは涙目になる。

こんな調子だと一日一食薬草スープのみの生活どころか、二日に一食薬草スープ生活も視野に入れていかなければならない。

そんな生活を続けていたら、再来月は野晒《のざら》しの死体になっていそうだ。

なんてことだ。さっきまでは貧民窟《ひんみんくつ》での野宿が自分の行きつく最底辺だと思っていたが、最底辺以下の奈落の底があったものである。

(こんなことなら、レストランでご飯を食べなければよかった……‼)

リゼットは半泣き状態になった。もう何もかもが嫌になった。

いっそギルドへの嫌がらせも兼ねて、この場で舌を噛み切って死んでしまおうか――そう思った時だ。

「……ふうん。この回復ポーションは市販の既製品よりも三倍近い回復量があるようだね。マスター、これは本来千ベルでも安すぎる品だ」

「へ？」

背後から涼やかな声が届いた。そしてリゼットの隣を通りすぎる小柄な少年の影。

肩の上で切り揃《そろ》えた紫の髪に白い肌。印象的な赤い瞳。

間違いない。忘れるはずもない。報酬《ほうしゅう》を支払うといって一週間も放置した、ユーリスとかいう少年だ。

「なんだ、お前さんは。部外者は黙っててくれ。こちとらは商売でやってンだよ」

「でもこれは明らかにおかしいよ。ほら見てごらん。僕の発明した魔道具シン・ステータス解析装置にポーションの回復量が表示されている。こっちが市販品、こっちがリゼット製のポーションだ。約三倍近い回復量が示されているのが分かるだろう？」

ユーリスが例のタブレットをギルドマスターに突きつける。が、ギルドマスターは鼻で笑った。

「それがどうしたってんだ。大体、お前さんは誰だよ。偉そうにこいつのポーションをべた褒めしているが、そんなに言うほどすごいのか？　つい先日【鈍色の水晶】を追放された底辺嬢ちゃんの作った蛍光色のポーションが？　ハハハッ！　冗談も休み休み言いな!!」

「て、底辺嬢ちゃん……」

先日のパーティー追放劇はこの冒険者ギルドで行われた。他の冒険者やギルドスタッフも見ていた。

飛ぶ鳥を落とす勢いのAランクパーティー【鈍色の水晶】を追放されたリゼットの惨《みじ》めさは、ギルド中に知れ渡ってしまったようだ。

ギルドマスターがリゼットを見る目は、明らかに舐《な》め腐《くさ》っている。そのせいで納品したポーションも安値で買い叩かれそうになっているようだ。冒険者は舐《な》められたら終わりなのである。

「いや、実際に測定されている結果だ。この数値は正しいと思うよ。そもそも僕だって素人ではないしね。装置に頼らずとも目利きぐらいできるさ」

「あぁん？」

「ちょっと色が変わっているだけで二百五十ベルも減額するなんてありえないな。十本納品した中の二本半はタダでよこせってことだろう？　いくらなんでも暴利がすぎる。見過ごせないよ、ねえシグルド？」

「はい、ユーリス様！　こんな横暴は断じて許せません!!」

次に現れたのはシグルドだ。端整な顔立ちを怒りに染めて、血走った眼をギラつかせている。

一目で危ない奴だと分かる雰囲気を放っている。ギルド内がざわついた。

「リゼットさんは我々王国騎士団を救ってくれた天使のようなお優しい方です！　そのリゼットさんの才能を讃えるどころか、ポーションを安値で買い叩こうとするなんて許せません！　俺は怒りました、かの邪智暴虐のギルドマスターを除かなければならぬと決意しました！　俺には政治が分かりません。経済も分かりません。けれども邪悪に対しては、人一倍に敏感でもありました！　だからこそ、リゼットさんの受けた仕打ちは看過できません！　今こそ我が剣を抜き、正義の鉄槌《てっつい》を下すべき時です!!」

「な、なんだコイツ!?」

シグルドは一気に捲《まく》し立てる。突然の乱入者にギルドマスターは驚き、冒険者たちは遠巻きにこちらの様子を窺《うかが》っている。明らかに危ない人を見る目つきだ。

しかしシグルドは意に介した様子もなく、ギルドマスターの前に歩み出る。

「ギルドマスター殿、貴公は不当にリゼットさんのポーションをを安く見積もった。それは冒険者ギルドの信頼を損なう行為であり、ひいては国益に反する行いである！　よってここに宣言しよう。リゼットさんは我らが保護する！　今後一切リゼットさんに関わらないことをこの場で誓え！　もしこれを違《たが》えた時は、我々は実力行使に出ることも厭《いと》わない！」

「は……はあ？　なんだそりゃ。お前さん、俺に喧嘩《けんか》を売ろうっていうのか？」

「これ以上リゼットさんが不当な扱いを受ける謂《いわ》れはない！　従えないならば力ずくで言うことを聞かせるまでだ！」

「へっ、馬鹿なことを言うんじゃねえよ。俺は冒険者ギルドのマスターだ。ギルドの規則に従わない冒険者がいたら、それを止めるのが仕事だ。それがなんだ、いきなりふざけたことを言い出しやがって……！　おい、誰かこいつらをつまみ出せ！　衛兵を呼ぶぞ!!」

ギルドマスターはカウンターの奥にいる職員たちに命令を下す。だが誰も動こうとはしなかった。

彼らは一様に困惑している様子だった。

「おい、何をしてる！　早くしろ！」

「いや、だってその人の鎧《よろい》……」

「グラジオラスの紋章が刻まれてますよ……その銀髪の人、王国騎士団の人なんじゃ……」

「な、なにぃ!?」

ギルドマスターは慌ててシグルドの身なりを確認する。

シグルドの銀色に輝く鎧《よろい》には、王家の紋章が刻まれていた。

「げっ!?　マジじゃねぇか……！」

「我が名はシグルド・ジークムント。王国騎士団の副団長を務めている！　ついでに言うとそちらにいらっしゃるお方はユーリス殿下。クラネル王国の第三王子だ！」

「お、王国騎士団の副団長に第三王子だと⁉　そんな野郎共、じゃなかった、そんな御方たちがこんな場末の冒険者ギルドに何の御用があるんですか⁉」

「リゼットさんを救いに来たに決まっている！　正しく実力が評価されていないと聞いてはいたが、ここまでひどいとは思わなかった。ああリゼットさん、迎えにくるのが遅れた俺を許してくださ い！」

「あ、いえ……」

リゼットはシグルドのあまりの剣幕に少し引いていた。そんなリゼットを見てユーリスが優しく話しかけてくる。

「前に教えられた住所にいったら、冒険者ギルドに向かったと店主に教えられたんでね。追いかけて来たんだ」

「ゆ、ユーリスさん。いえ、ユーリス様は王子様だったんですか……⁉」

「一応ね」

「も、申し訳ありません！　先日は失礼な態度を取ってしまって……！」

「そうかしこまらなくていいよ。キミは命を助けてくれた恩人だ。様をつける必要はない。今まで通り話してほしい」

「でも……」

「僕が頼んでいるのに、キミは断るのかい？」

「い、いえ！　滅相《めっそう》もございません!!」

「ならいいんだ。……はい、これはこの間もらった薬品の報酬《ほうしゅう》だよ。助けてくれた御礼分をボーナスで加えてある。受け取ってくれ」

ユーリスはリゼットに硬貨の入った袋を握らせる。ずしりとした重みが手に伝わってきた。

「おっ、重い!?　こんなに沢山いただいていいんですか……!?」

受け取った袋の中身をちらりと確認して、リゼットは悲鳴を上げた。

リゼットの計算では、先日の薬の対価は四万九千ベルだった。

しかし今受け取った袋の中には、ざっと十万ベルは入っている。

これなら来月どころか再来月の宿賃すら余裕で支払えてしまう。

あまりの金額にリゼットは卒倒《そっとう》しそうになる。これほどの大金、今まで生きてきて拝んだのは初めてだ。

そんなリゼットを後目《しりめ》に、ユーリスはギルドマスターにタブレットを突きつける。

「シン・ステータス解析装置は僕の発明品だ。学会にも発表して特許申請をしている。来年には一般にも流通するようになって、冒険者ギルドでも旧式の測定装置ではなくシン・ステータス解析装置がスタンダードとなるだろう」

「へ、へぇ……そうでございましたか……！」

「そうなれば当然、リゼットの作る薬品の価値も正しく評価される。いいかい、通常の回復量の三倍だよ、三倍。報酬《ほうしゅう》は減額するどころかアップしていいと思うね。通常回復ポーションの報酬《ほうしゅう》が千ベルなら、リゼットには最低三千ベルは渡すべきだ」

「し、しかし、我々ギルドとしては、現在の基準で報酬額《ほうしゅうがく》を設定している訳でして……」

「あの、ユーリスさん……私は今回千ベルで依頼を受けたので、それ以上の報酬額《ほうしゅうがく》は大丈夫ですよ」

「そう？」

「はい！　なにせもうこんなにお金をいただきましたもの！」

リゼットはお金が入った袋を両手で胸に抱く。

もう二度と離さない。絶対に。永久に手放したくない。

「ふうん？　まあいいや、それじゃあギルドマスター。彼女に差し引いた二百五十ベルだけは支払ってあげて」

「は、はいぃ！　おいリゼット、いやリゼットさん！　二百五十ベルです、これでさっきの金額と合わせて千ベルになりますよね？」

「ありがとうございます。くふふふっ……なんていい音……！」

袋に二百五十ベル分の硬貨を追加する。チャリーンと涼しげな音が響いた。

たった二百五十ベル。しかし二百五十ベル。薬草スープを三回注文しておつりがくる。

リゼットは嬉しさの余り頬が緩むのを抑えられなかった。

「ところでリゼットさん、俺のことを覚えておいででしょうか？　王国騎士団副団長のシグルド・

ジークムントです！」

「あ、はい。覚えていますよ。お久しぶりです」

「この度は訪問が遅れて申し訳ありませんでした！　騎士団長に経緯を報告し、報酬《ほうしゅう》を用意して、リゼットさんをお迎えする準備を整えるのに時間がかかってしまいまして……」

「そうだったんですか、全然構いませんよ。こんなにお金をくれたんですもの！」

リゼットは袋の中の硬貨をジャラジャラ弄《いじ》りながら恍惚《こうこつ》とした笑みを浮かべる。

そんな彼女の笑顔を見てシグルドもまたうっとりと微笑んだ。

「ああ……リゼットさんが微笑んでいる……まるで天使の微笑みだ……」

「あれが天使に見えるのか、キミは。恋は盲目とは言うが恐ろしいな。まあいいや。リゼット、お腹が空いていないかい？　良ければそこの酒場で昼食を奢《おご》らせてもらいたいんだけど」

「えっ⁉　いいんですか⁉」

「もちろん。さっきから香ばしいガーリックソースの匂いがたまらないね。報酬《ほうしゅう》を渡しにくるのが遅れてしまったお詫びにぜひご馳走《ちそう》させてほしい」

「はい、喜んで‼」

「さあギルドマスター。席に案内してくれ」

「は、はいぃっ‼」

第三王子と騎士団副団長相手にすっかり委縮したギルドマスターは、併設された酒場食堂の一番いい席に三人を案内する。

通されたテーブル席でウキウキとメニュー表を眺めるリゼットに聞こえないように、シグルドはヒソヒソとユーリスに耳打ちする。

「ユーリス様。こんな場末の食堂じゃなくて、もっと良いレストランにご招待したほうがよかったのでは……」

「キミは何も分かっていないな。今のリゼットを良いレストランに連れていったところで、あの子は委縮するばかりでまともに料理の味も分からないさ」

「そういうものですか？」

「それにさっきギルドに入った瞬間、ガーリックソースの匂いが鼻をついただろ？　当然リゼットだって同じ匂いを嗅《か》いでいる。つまり今のリゼットが一番食べたいのは、高級料理でもオシャレな料理でもなくガーリックステーキだ。ほら見なよ、あんなに目を輝かせている」

「な、なるほど……そういうものですか」

「すみませーん!!　日替わりランチのドリンクセットをお願いしますー!!」

「あ、僕も同じもので」

「俺も同様にお願いする」

「かしこまりました！！！」

ギルドマスターは注文を受けると厨房《ちゅうぼう》に駆け込んでいった。

そしてすぐにテーブルに三人分のランチが運ばれてくる。

今日の日替わりメニューは、チキンステーキのガーリックソース、温野菜のポテト添え。スープとパンとドリンクのセット付だ。

「おいしい……！　おいしい……！　お肉おいしい……っ！」

リゼットは涙ぐみながら食事を進める。

チキンステーキの皮はパリパリ、肉はジューシー。

ガーリックソースのスパイシーな香りが食欲をそそり、塩で味付けされた温野菜が口の中の脂《あぶら》っこさをサッパリさせてくれる。

瞬《また》く間に完食してしまった。

一週間ぶりにお腹が満たされる感覚を味わった。それはこの上ない至福だった。

「ところでリゼット、キミに頼みがあるんだけど」

「はい、なんでしょうか？」

食後のコーヒーに大量の砂糖とミルクを投入しながらユーリスが切り出してきた。

お腹が満たされて上機嫌なリゼットは笑顔で応じる。

ユーリスも微笑みを浮かべながら言葉を続けた。

「キミを王国騎士団の専属薬師として雇いたいんだ。騎士団本部に専用工房と部屋を用意する。明日にでも早速移ってきてくれないか？」

「へっ⁉」

突然の提案にリゼットは固まった。ユーリスの表情は真剣そのもので、冗談を言っているようには見えない。

「王国騎士団では、騎士の生存率を上げるために付属の薬学研究所があるんだ。薬師協会とは距離を置いた独自の組織だ。認定薬師でないキミでも薬の提供ができる」

「え……えぇっ⁉」

「キミに助けられた騎士たちもぜひ頼むと言っている。騎士団長も乗り気だ。後はキミがうんと頷いて、この契約書にサインしてくれれば雇用手続きは完了だ」

ユーリスは書類を取り出すと、テーブルの上に置いた。

「キミの才能を安く買い叩こうとする冒険者ギルドとはオサラバしよう。今後は騎士団本部での輝かしい日々が待っているよ」

ユーリスは爽やかに笑いながらリゼットが口を挟む暇もないほどペラペラと喋《しゃべ》る。

この人は本当に王子なのだろうか。新手の営業や詐欺師《さぎし》じゃないのか……そんな考えがリゼットの頭を過《よぎ》った。

そうだ、死んだお母さんは「タダより高いものはない」とか「やたらと施したがる人には裏があると思いなさい」と口を酸っぱくして教えてくれた。

もしかするとユーリスは自分を騙《だま》すつもりかもしれない。

うまい話を持ちかけて契約書にサインさせた後は、死ぬまで強制労働させる気かもしれない。

しかしユーリスはリゼットの返事を待つことなく、さらに続けた。

「断るなら残念だけど、それもキミの意思だ。仕方がないさ。でも忘れないでほしいな。依頼報酬《いらいほうしゅう》を減額されて今日の食事にさえ困っていたキミを助けたのは誰かってコトをね」

「うっ!?」

「あのギルドマスターは僕とシグルドの威光があるから今は従っているけど、もし僕たちが手を引いたらどうなるかってコトもね」

「うぅぅっ!?」

「僕たちの仕事を断ったら、キミは将来どんな生活をすることになるかなぁ」

「ううぅぅっ……!!」

ユーリスは意地悪に笑いながら言った。リゼットは頭を抱える。

断れば今までの生活に戻るだけだ。しかしユーリスの言う通りにすれば、少なくともこの先しばらくは安泰な暮らしを保証される。

どちらを選ぶべきか、迷うようなことはない。

どうせ今の自分は持たざる者なのだ。失う物は何もない。

ユーリスからペンを受け取って、署名欄に『リゼット・ロゼット』と名前を書いた。

「か、書きましたよ！　これでいいですか!?」

「うん、ありがとう。これでキミは王国騎士団の一員だ。戦闘員ではなくて薬師だけどね」

「今後リゼットさんをバカにしてくる輩《やから》がいたら、王国騎士団の名前を出してください！　俺たち王国騎士団全体への侮辱と受け取り、然《しか》るべき対応を取らせていただきます！」

シグルドがギルド中に響き渡る大声で宣言した。

さっきまでリゼットに舐《な》め腐《くさ》った態度を取っていたギルドマスターが、カウンターの中で肩を竦《すく》めるのが確認できた。

「あ、ありがとうございます……」

「構いません！　それよりもリゼットさん、貴女に一つお願いがあるのですが！」

「はい、なんですか？」

「今度、王都の大通りにあるカフェで一緒にお茶でもいかがでしょうか？　おいしいケーキを出す評判の店を知っているのです。もちろん俺の奢《おご》りですのでリゼットさんは何も心配することなく――」

「すみません、遠慮します」

「なぜですか!?」

「私みたいなクソ雑魚《ざこ》ゴミ虫ド底辺陰キャ下等ミジンコ調合師がシグルドさんとお茶なんかしたら、シグルドさんの品格を損なってしまいますし……」

「そ、そんなっ……！」

「うわあ、すごいなあ。さっきギルドマスターが言った『底辺嬢ちゃん』なんて悪口が悪口にならないぐらいの自己肯定感の低さだね」

ユーリスは呆れたように苦笑する。

「シグルド、残念だけど今日のところは引き下がるんだね。圧倒的光属性で自己肯定感の塊《かたまり》であるキミは、今のリゼットには眩《まぶ》しすぎる」

「くううっ……！　美形に生まれ、才能を与えられ、成功を積み重ね、栄光の人生を歩んでしまった己の運命が恨めしい……！」

シグルドはがっくりと床に膝をついて悔しがる。リゼットは呆れたように彼を見下ろした。

すごい人なのは十分伝わっているが、わざわざ自分で口にするとは……

この人は少し、いやかなり残念なタイプかもしれない。

「あの……それで、私は具体的に何をすればいいんですか？　騎士団に住み込みで働くんですか？」

「そのつもりだよ。まずはキミの荷物をまとめて騎士団本部に引っ越しておいで。その後は騎士団の施設内にある薬品工房で薬を調合してほしい。詳しい仕事内容は追って指示があるよ」

「分かりました。……じゃあとりあえず宿に戻って準備してきますね」

「よろしく頼むよ。キミの部屋は騎士団の女子寮の一室を用意している。家具などはすでに運び込まれている。あとはキミが身ひとつで来てくれればいい。明日の正午に迎えにいくよ」

「また明日、ですね。お疲れ様でした」

「あっ、待ってください、リゼットさん！　俺が宿までお送りします‼」

「え……いいです、なんか怖いし……」

「そんなあああっ‼」

「シグルド、キミはもう帰ってもいいよ。僕はまだギルドマスターと話をしていく」

「そ、そんなっ‼　ユーリス様、どうかご慈悲を‼」

「嫌だよ。さっさと帰れ。どうせ明日になればリゼットは騎士団本部に来るんだ。そう前のめりになるなよ。キミともあろう者がみっともないぞ。日頃キミに熱を上げている令嬢たちは、今のキミを見たら幻滅するだろうな」

「ぐぐうううぅっ!!」

「では失礼します。ユーリスさん、シグルドさん、また明日」

「ああ、お疲れさま」

リゼットは深々と頭を下げ、二人に背を向けて歩き出す。

その背中を見つめながら、ユーリスは微笑を浮かべた。

「なかなか面白い子じゃないか。あれだけの素材を持っているんだ、磨けばきっと光るよ。リゼット・ロゼット……果たして彼女は、この国の未来を照らす星になれるかな？」

「ゆ、ユーリス様！　俺は、俺には何か言ってくださらないのですか!?」

「ま、頑張れ」

「それだけですか!?」

「他に何があると？　ほら、早く帰った帰った」

「ユーリス様ぁ～!!」

……何はともあれ。

こうしてリゼットは長年続けてきた冒険者を辞め、騎士団本部で働くことになった。

# 第二章　騎士団での日々

翌日、リゼットは騎士団本部の宿舎に引っ越してきた。

早速騎士団の制服に着替える。リゼットは専属薬師ということだが、本部にいる時は基本的に騎士団の制服を着ることになる。

女性用の白いサーコートに、動きやすさを重視した膝丈サイズの緑色のスカート。

胸元には可愛いリボン。足にはグレーのストッキングにショートブーツを履く。

今までの地味で陰気なローブ姿とは大違いだ。

王国騎士団は王家直属の騎士団だ。当然、身嗜みにも気を遣われている。

制服は素材もデザインも洗練されていて華がある。リゼットは鏡の前でクルリと回ってみた。

「なんだか恥ずかしいな。私なんかに似合ってるのかな……」

リゼットは自分の姿をしげしげと眺める。

髪は邪魔にならないようハーフアップに纏め、化粧は薄めに。

野暮《やぼ》ったい暗緑色のフードをのせいで気付きにくかったが、リゼットの顔立ちは結構整っている。

スタイルだって悪くない。胸は小ぶりだけど腰はくびれていて、すらりと長い脚は健康的な色気を放っている。

だがリゼットは自分の魅力に気付いていない。

これまでずっと地味で野暮《やぼ》ったい恰好をしてきたせいで、容姿を褒められた経験がなかったせいである。

加えて薬作りに忙しく、お金もなかったので化粧もスキンケアもろくにしてこなかった。素材の良さをまったく活かしていないのだ。

「まあいいか。私に期待されてるのは薬作りだもん。規則なら制服だって着用しないといけないよね。たとえ似合っていなくても」

ユーリスたちは騎士団の専属薬師として雇ってくれた。

先日助けた他の騎士たちも歓迎してくれているようだ。ならば、この騎士団で精一杯努力するしかない。もう他にいく場所はない。

「よし、頑張ろう！」

リゼットは気合いを入れて部屋を出る。

向かう先は騎士団の団長室。まずは団長に着任の挨拶《あいさつ》を済ませると、副団長のシグルドが騎士団本部の施設を案内して回った。

「ここが騎士団の食堂です。朝は六時から九時まで、昼は十一時から十四時まで、夜は十八時から二十二時まで開いています。食事の提供時間は決まっていますが、食事代は無料です。ご安心ください」

「えっ⁉　全員ご飯をタダで食べていいんですか⁉」

「はい、騎士団は貴族や富裕層の寄付によって運営されています。食費も予算から出ています。遠慮せず今までの分食べてください。おかわりもいいですよ」

「だっ、大丈夫なんですか、それ⁉　お腹いっぱい食べた後、これより毒霧耐久訓練を開始するって展開になりませんよね⁉　卑《いや》しく食べた人ほど長く苦しんで死ぬなんてことになりませんよね⁉」

「そんな展開はありません！　リゼットさん、騎士団を何だと思っているんですか⁉」

「本当にならないんですね？　信じますよ、信じますからね⁉　もし嘘だったら化けて出ますよ⁉」

「なりません！　騎士団を信じてください！」

「じゃあ私、お言葉に甘えて沢山食べさせていただきます！　お代わり自由とか天国ですか、ここは⁉　全然貯金とかないから助かります！　ありがとうございます！」

リゼットは決して誇れないことを宣言し、深々と頭を下げて感謝する。

シグルドは苦笑いを浮かべつつ、他の施設も案内する。

「次は騎士団の医務室です。騎士団は王国の治安を守ると同時に、魔物討伐や戦争に参加することもあります。騎士団員はみんな怪我《けが》をしやすいんです。治癒魔法を使える回復術士が常時待機しており、薬品類も提供されています。リゼットさんが作った薬品は、この医務室でも使用されるでしょう」

「つまり私の得意先になるのですね。よろしくお願いします」

「はい、よろしくお願いします」

医務室の医者や回復術士に挨拶《あいさつ》を済ませる。

次は訓練場や備品倉庫に案内され、最後にリゼットが働く薬品工房へと連れていかれた。

「王都では原則として、薬師協会に所属していないと薬師を名乗れません。しかし騎士団は例外です。ユーリス様のお口添えもあり、リゼットさんは騎士団本部で活動する限り薬師を名乗れるようになりました」

「はあぁ……！　嬉しいなあ、やっと薬師を名乗れるんだ、私……！」

王都に来て二年。ずっと冒険者ギルドの調合師を名乗っていたが、ここでは堂々と薬師を名乗れる。とても嬉しい。

「ありがとうございます、シグルドさん！　私、とっても嬉しいです！」

「いえいえ、俺の方こそリゼットさんの笑顔が見られて嬉しいですよ！」

リゼットは案内された薬品工房を見上げる。

薬品工房は二階建ての施設だ。騎士団本部の裏庭には騎士団付属の薬学研究所がある。その隣に併設されている建物だ。

一階が丸々調合できるフロアになっており、二階は常温保存可能な素材や作ったアイテムの保管庫。地下には氷室箱や冷蔵保存庫がある。

調合フロアには乳鉢、遠心分離機、濾過器《ろかき》、ガラス器具、薬研《やげん》に篩《ふるい》に釜やランプといった薬品調合に必要な設備・道具が一通り揃《そろ》えられていた。

「すごい！　本格的な工房だ！」

「そうですか？　王都の薬師協会員が使用する工房と比べるとまだまだですが……」

「いえいえ！　私なんかが使うには十分すぎるほど立派な工房ですよ！」

リゼットは目を輝かせる。まさかこんなに立派な設備を用意してくれるなんて。感激で胸が震える。

「お気に召していただけたのなら良かったです」

「はい！　ところでこの工房で私が作るのは、何の薬品なんでしょうか？」

「そうですね、まずは回復ポーションの大量発注をお願いしたいのですが。リゼットさんにポーションを大量生産していただいて、騎士団の常備薬にしたいのです」

「なるほど、分かりました」

「他にも騎士団専用の治療薬なども作ってほしいですね。たとえば傷口を塞《ふさ》ぐ効果が付与された包帯とか、毒を中和する解毒剤、麻痺《まひ》を解除する薬品などです」

「ふむふむ、そういう感じのものですね」

「それと……このメモにあるものも作れるようでしたらお願いします」

「はいはい……って、このリストにあるもの全部!?　えええぇっ!?」

渡された資料に記されているリストを見てリゼットは目を丸くする。

回復ポーション、マナポーション、解毒薬、強解毒薬、抗麻痺薬《こうまひやく》、抗石化薬、炎のフラスコ、毒のフラスコ、氷結のフラスコ、雷のフラスコ、退魔の香水（赤・青・緑・黒・黄）、各種強化サプリ（力・俊敏・防御・技巧・魔力）、回復包帯、復活薬、栄養剤、目薬、風邪薬、頭痛薬、腹痛薬、火傷薬《やけどやく》……などなど。

シグルドが申し訳なさそうに手渡した書類に記されていたのは、とんでもない量の薬品リストだった。

「あの……なんだかものすごく種類がありますけど、こんなに必要なんですか？」

「はい。騎士団は任務によっては強力な魔物と戦うこともありますし、賊の討伐に出ることもあります。備えあれば憂《うれ》いなしです。いざという時に治療が間に合わず全滅したら目も当てられません」

「そ、そうですか……。でも、こんなに沢山の種類の薬を一度に作るのは初めてなので、少し不安ですね」

「期限はありません。リゼットさんのペースでお願いします。最初はリゼットさんが慣れているであろうポーション類を中心に作りましょうか」

「分かりました。では早速作り始めますね」

「え？　もう始めるのですか？」

「えっ？」

仕事をするために騎士団にスカウトされたのだから、早速始めるのが道理だと思ったのだが。なぜかシグルドは残念そうだ。

「今日は騎士団に来た初日ですのでもう少しゆっくりしても……そうだ、カフェテリアでお茶でもいかがですか⁉　おいしいケーキを用意しておきますよ！」

「いいえ、お気持ちだけで大丈夫です。早く仕事に慣れたいですし、早速取りかかります」

「そうですか……では夕食をご一緒に！」

「すみません、調合が終わるのが何時になるか分からないのでお約束はできません」

「……そうですか……」

シグルドはがっくり肩を落とすと工房を出ていく。

彼の後ろ姿を見送って、リゼットは気合を入れて調合に取りかかった。


――それから数時間後。


「よし、完成！」

リゼットは完成した大量の回復ポーションを高々と掲げた。

我ながら満足のいく高品質ポーションが調合釜いっぱいに完成した。

液体を魔結晶ガラスに入れてチャプチャプと揺らす。蛍光緑の液体が仄《ほの》かに輝いて見えた。

「うん、上出来、上出来。ポーションをこれだけ大量に作ったのは久しぶりだね。騎士団は良い環境で働けるみたいだし、沢山稼げるかも」

夕方になったので、リゼットは一旦作業を中断する。

今日は回復ポーションを三十分本と、解毒薬、強解毒薬、抗麻痺薬《こうまひやく》、抗石化薬を十本ずつ作った。

ここは二階と地下が丸ごと保管庫になっている。材料や素材も潤沢《じゅんたく》だ。

保管場所や材料費を気にすることなく、薬を作ることができる。

「こんなにいい設備で薬作りさせてもらえるなんて……幸せだなあ」

生まれて初めて自分の価値を認めてもらえた気がする。それがとても嬉しい。

リゼットは騎士団で働くことに前向きになっていた。

騎士団の皆も親切だし、お給料ももらえる。設備も備品も万全の状態だ。今のところ悪い点が見つからない。

「……はっ、ダメダメ！　調子に乗るとまた落とし穴に嵌《は》まるかもしれない。謙虚に生きないと。謙虚謙虚謙虚……！」

ブツブツと呟いて自己肯定感を下げていく。

落差は低いほうがいい。十階建ての建物の上から落ちるより、一階の窓から落ちたほうがダメージは少なくて済む。それがリゼットの人生観だ。

「ふぅ、いい感じに自己肯定感が下がってきた。……ところで騎士団で働く以上、騎士団の人たちと一緒に寝泊まりするってことになるんだよね」

騎士団には独身の男性もたくさんいる。

騎士団の宿舎は男女別だ。しかし食堂や訓練場、サロンといった設備は共同。

万が一、億が一にも自分のような底辺女と、王国騎士団の騎士様との間に妙な噂《うわさ》が立ってしまったら……

そんなの、申し訳ないどころの騒ぎじゃない。

「私みたいな根暗のド底辺クソ雑魚《ざこ》ゴミ虫が騎士の皆様と同じ生活をするなんて、おこがましいにもほどがあるよね……私は外で野宿しながら仕事をしよう。うん、それがいい。そうしよう。騎士団の敷地内を散歩して野宿しやすそうな場所を探そう」

リゼットは立ち上がり、部屋の外に出る。

さっきシグルドに案内してもらったおかげで、大抵の場所は把握している。

リゼットは建物の中には入らず、人気のない場所を求めて庭を彷徨《さまよ》った。

「これだけ広ければいくらでも野宿できそうだね。あ、野イチゴが生えてる。これってあんまりおいしくないいんだけど、薬の材料に使えるんだよね。よし、採取しておこう。ついでに少しだけオヤツにしよう。全然おいしくないけど私にはこれぐらいがピッタリだよね！」

中庭で見つけた雑草を摘んで籠《かご》に入れていく。そしてその足で騎士団の敷地を歩き回った。

「あ、あそこに池がある。綺麗だけどあんまり近付きたくないな。夜になると何か出そうな気がする。……なら逆に人が近づかない可能性が高いかも。よし、ここで野営しよう！」

リゼットは騎士団の敷地の裏庭にある池のほとりを野営地に決めた。

池の水はあまり深くないので、万が一にも溺《おぼ》れることはない。

それに水場の近くは涼しいので夏場の野外活動にピッタリだ。

「ここなら騎士団の人がくることはないでしょう。よし、それじゃあテントを張ろう」

背負っていた荷物を下ろして、中に入っている物を取り出す。

底辺とはいえ冒険者だったので、設営はお手の物だ。

あっという間に天幕を張って、火を起こしてお湯を沸かす。

ついでにさっき採取してきた野イチゴと複数の薬草やスパイスを混ぜる。

甘い香りとさっぱりした口当たりのホットドリンクができた。

あんまりおいしくないが、薬草とスパイスのおかげで体が温かくなる。

すると匂いに誘われたのか、宿舎の方角から人影が近付いてきた。

紫色の髪に赤い瞳。ユーリスだ。

「なんだ、リゼットじゃないか。こんなところで何をしているんだい？」

「あっ、ユーリスさん。私みたいな石の裏のダンゴムシが皆様と同じ屋内で過ごす訳にいかないので、野宿をしようと思いましてですね」

「バカなことやってないで戻るよ。もう暗くなる。食堂で夕食を食べてお風呂に入って、キミのために用意した部屋のベッドでぐっすり休んでくれ」

ユーリスはリゼットの後ろ襟《うしろえり》を掴むとズルズル引きずって宿舎の中に入っていく。

「あーれー……私のテントー」

「後で回収させておくよ。いいから行くよ」

騎士団本部の食堂はちょうど夕食時だったため、大勢の騎士で賑わっている。

もちろん騎士だけではない。事務員や医療スタッフ、薬学研究員、魔道具研究員、とにかくあらゆる騎士団本部運営に携わる人々が大勢いる。

そんな彼らのために、騎士団の食事はいつも豪勢だ。

「とても座れそうにありませんね。もしかして立ち食いですか？　私、意外と慣れてますよ！　お金にすこーし余裕がある時は、屋台の立ち食いヌードルを食べにいってました！」

「違うよ。ほら、あの奥のテラスに面した席が空いている。あそこは僕専用のテーブルだ。キミも一緒にいくよ」

「さすが王子様ですね。だけど私なんかがご一緒してもいいんですか？」

「もちろん構わないさ」

二人はテラスに面したテーブル席に腰かける。

「そういえばメニューがないんですけど……」

「ここは騎士団専用の食堂だ。料理はすべて騎士団の料理人が作っていて、メニューは固定されているんだ」

「それだと毎回同じものを頼まなきゃいけないんですか？」

「一ヶ月単位で栄養バランスを考えた献立が決められているんだよ。ほら掲示板に張り出されてる。今日の献立は……オムレツと鶏肉の香草焼き、それにポトフか。ごく普通のラインナップだね」

「……これ、タダで食べていいんですか？　後で代金を請求されたりしないんですよね？　天国ですね！」

「リゼットは普段どんな食事をしているんだい？」

「最近は三食薬草スープ生活でした。あとたまに野山で摘んだ野草とかを齧《かじ》ってました」

「……それだけ？」

「ええ、そうですよ。お金に余裕がある時は立ち食いヌードルとか、大衆レストランで一番安いランチを食べていました」

「……よくそれで生きていけるね」

「慣れれば意外と平気ですよ。私は田舎出身なので、食べられる野草と食べられない毒草の見分けがつくので」

「……」

「あ、来た来た！　いただきまーす!!」

テーブルに運ばれてきた食事を前に、リゼットは目を輝かせる。

早速オムレツを切り分けて口に運ぶ。

口の中で蕩《とろ》けるような食感と、優しく広がるバターの風味に思わず頬を押さえた。

「うーん、絶品です……！　卵はフワフワで、中がトロッとしていて……クセになりそうです！」

「良かったね」

リゼットは目の前の皿を平らげていく。すぐに全部食べ終えてしまった。

これで二日連続、固形物でお腹が満たされたことになる。

素晴らしいことだ。水やお湯や苦い草でお腹を満たさずに済むのって、こんなにも素晴らしい。

「ふう、満足です」

「リゼット、今後は毎日ここで夕食を摂《と》ること。分かったかい？」

「え？　は、はい」

ユーリスは有無を言わせない圧を伴って言った。

リゼットは戸惑いながらも素直に返事をした。

「それじゃあ次は風呂に入って寝るといいよ。さすがにお風呂は僕では案内できない。適任者を用意しておいたよ」

リゼットはユーリスに連れられて食堂の外に出る。

女子寮へと繋がる廊下《ろうか》の前で、ショートボブの女性が待っていた。

「初めましてリゼットさん。私は薬学研究室所属の研究員アンネリーです。よろしくお願いします」

「あ、はい。こちらこそよろしくお願いいたします。私はリゼット・ロゼットと言います。リゼットと呼んでください」

「分かりました。それでは浴場に案内しますが……一度お部屋にお着替えを取りに参りましょうか」

「そうですね」

二人は一度リゼットの部屋まで戻る。リゼットに用意されたのは、女子寮の二階にある個室だ。

リゼットの部屋は結構広い。昨日まで暮らしていた宿屋の部屋の倍以上の広さがある。

手前にはソファや本棚が置かれていて、奥にはベッドとクローゼット。さらに壁際には小さな花瓶とランプが置かれている。

「今朝も思ったけど、素敵なお部屋ですよね」

「そうですか？　一般的な女子寮の間取りですが」

「私、こんなに立派な部屋に泊まってもいいんでしょうか？　こんなに豪華な調度品に囲まれると緊張してしまいます」

「大丈夫ですよ。足りないものが有ったら遠慮なく言ってください」

「はい、ありがとうございます」

着替えを用意して移動する。リゼットが案内されたのは、女子寮一階にある共用大浴場だ。

手前は脱衣所で、奥に浴場が広がっている。大理石の床に浴槽。

浴槽の下には保温用の魔道具が設置されているようで、いつでも適温のお湯を維持できるようになっている。

洗い場には蛇口や洗面器、石鹸《せっけん》が置かれている。自由に使っていいそうだ。

「あ、この石鹸《せっけん》は体も髪も洗えるタイプですね。こんな高級なものを使っていいのかな」

「気にしないで使っていいと思いますよ。じゃあ私はここで失礼しますね」

「いろいろとありがとうございました」

リゼットはアンネリーに頭を下げる。アンネリーが去るのを見送ってから、服を脱いで浴室に入った。

まずは洗い場で体を綺麗に洗い流し、ゆっくりと肩まで湯に浸かる。

「あ〜、気持ちいい。極楽だなあ……」

お腹を満たして温かいお風呂に入ったおかげで、気分がスッキリした。

こんなに人間らしい生活をしたのは久しぶりだった。

リゼットはお風呂の中で一人、小さな幸せを噛み締めた。


翌日からもリゼットは、毎日薬品工房に籠《こも》って仕事を続ける。

生活費捻出《ねんしゅつ》のためにあちこち走り回る必要もなく、毎日三食が保証され、日がな一日調合を続けられる生活は夢のようだ。

「今日のノルマは達成できたかな」

今日のノルマを書いたメモを確認する。

・退魔の香水（赤・青・緑・黒・黄）×十本ずつ
・各種【強化サプリ】（力・俊敏・防御・技巧・魔力）×十個ずつ

退魔の香水も強化サプリも、ベースとなる調合レシピは同じだが、配合する素材や調合の仕方によって、効き目や付与効果が異なる。特定の属性を強化したり、回復効果を高めたり、効果が及ぶ範囲を広げたりができる。

たとえば、グリーンハーブとブルーハーブは、どちらも回復ポーションの材料になる、体力回復効果がある植物だ。

グリーンハーブはあらゆる植物と相性がいいので、基本的にはこちらを使う。

でも、ポーションに解毒作用や魔力回復効果を付与するなら、ブルーハーブを使うと良い。ブルーハーブは魔力を含む素材との相性が良いからだ。

このように、付与効果によってどのハーブを使うのがいいか変わってくる。

そういったことを考えて調合するのがリゼットは好きだった。自分だけのオリジナルレシピを考えるのも楽しい。

「あー、楽しい。やっぱり薬作りは私の天職だよね」

リゼットは冒険者としては最低ランクだ。

しかし調合師スキルはSSSランクだとユーリスから聞かされた。

「本当なのかな……私なんかがSSSランクだなんて……」

信じられない話だが、ユーリスが嘘をつくとは思えない。

リゼットは通常の薬師よりも遥かに手早く、質のいい薬品が作れる。

対象を見ただけでどんな毒や薬が有効なのかを的確に見抜き、その場にある材料で調合してしまう。

これは類稀《たぐいまれ》なる才能だが、リゼット自身は己の才能に自覚がない。

「よし、今日はこれぐらいにしておこう」

リゼットは完成したばかりの薬品を、専用の木箱に詰める。

時計を見る。終業時刻の午後五時までまだ二時間もある。

リストにある他の薬品も作ろうかと一瞬考えたが、やめておいた。

今のところリゼットが作った薬品類は、一旦薬学研究室で解析に回される。

そこで成分や効果を解析した後、騎士団の常備薬として利用される。

あまり沢山の薬品を一度に作ってしまうと、薬学研究室が困ってしまうのだ。

リゼットは薬学研究員のアンネリーの困り顔を思い浮かべ、左右に首を振った。

「アンネリーさん、いい人だよね。お化粧方法も教えてくれたし、スキンケアや髪のお手入れだって……そうだ！」

アンネリーは美容に関心が高いようだ。それなら御礼も兼ねて、アンネリーが喜ぶような物を作ってプレゼントしよう。

幸いリゼットの手元には、前にもらった報酬《ほうしゅう》の十万ベルがほとんど手つかずで残っている。

リゼットは街に出て、そのお金で素材を買い集める。

そして薬品工房に戻り、美容薬品の調合を始めた。

「……なんとか間に合った」

夕方六時。リゼットは完成したばかりの美容品セットを前に、安堵の表情を浮かべる。

美白ローション、美白乳液、美白クリーム、美容液洗顔、精油シャンプー、精油リンス、精油トリートメント、全身用保湿ジェル、蜂蜜《はちみつ》リップクリーム……などなど。

ベースはかつてリゼットの母が作っていたレシピだ。肌の状態や悩みに合わせて使う材料や配合を変え、より効果の高いものを作り上げる。

美容アイテムを作るのは久しぶりだ。田舎にいた頃は母の手伝いで作ることもあった。

王都では冒険者ギルドで仕事をしていたので、この手のアイテムを作ることは滅多になかった。

「アンネリーさん、喜んでくれるといいけど」

リゼットは完成したばかりの薬品を瓶に詰める。思った以上に多くの量ができてしまったので、まずは自分で使い心地を試してみることにした。

薬を作ったらまずは自分が被検体となって効果を確かめる。

それはリゼットの信条であり、亡き母の教えだ。

その日から一週間かけて、自分が作った美容アイテムの効果を確かめようと実験を始めた。

◇◆◇

――そして一週間後。

騎士団本部の朝は早い。早朝訓練を終えた騎士たちが、朝食のために食堂へ向かう。

女子寮に繋がる渡り廊下《ろうか》から、目を見張るような美少女が歩いてくるのが見えた。

色白の艶肌にサラサラの髪。まつ毛は長く、唇はさくらんぼのように赤く輝いている。

「おはようございます」

「あ、ああ、おはよ……う……」

その少女とすれ違うと、花を思わせるいい香りがした。

騎士たちはついうっとりと見惚《みと》れてしまう。

少女は食堂に入っていった。思わずボーッとしていた騎士たちは、ハッと正気に戻る。

「おいおい、今の誰だ⁉　あんな可愛い子、ウチの騎士団にいたか⁉」

「わ、分からない！　見たことないよな？」

「かなりの美人だったよな。あんな子がいれば絶対覚えてるはずなのに……」

騎士たちは食堂を覗き込む。コソコソ隠れる必要はないのだが、あの美少女に圧倒されてつい身を隠すような振る舞いをしていた。

あの少女は食堂のテラス席に座っていた。

魔道具開発者として騎士団に在籍している第三王子ユーリスのために用意された専用席だ。

そういえば最近のユーリスは、新入りの薬師リゼットと同席していたなと騎士たちは思い出す。

ということは……

「もしかして、あの子ってリゼットさんか⁉」

「言われてみれば確かに面影があるかも……でも、あんな美人だったか⁉」

「化粧してるのかな？　別人みたいだ」

「いやあ、それにしても……」

「滅茶苦茶いい匂いがする‼」

騎士たちは満場一致で頷き合った。

それも香水とはまた違う香りだ。フローラルでどことなく爽やかな香りが、髪や肌から自然に発生している。

「どうしよう。俺、リゼットさんのファンになりそうだ」

「奇遇だな。実は俺もだ」

「だよな。声かけてみるか」

……などと騎士たちが話し合っていると、いきなり後ろから声をかけられた。

「やめておきなよ。リゼットはちやほやされると卒倒《そっとう》する」

「ユーリス様！　おはようございます！」

「ああ、おはよう」

第三王子であるユーリスが挨拶《あいさつ》をすると、騎士たちは敬礼を返す。

「そういうのは止めてほしいと言っているだろう。今の僕は騎士団所属の魔道具開発者の一人なんだ」

「はっ！　しかしユーリス様が王族であることに変わりはありませんので！」

「その通りです！　我々王国騎士団は王族に仕える身です！　王族への敬意と礼儀を失する訳に参りません！」

「……まあいいけど。それよりリゼットのことだけど」

「はっ!!」

「彼女はチヤホヤされるのが苦手なんだ。あんまり騒ぐと嫌がって逃げ出してしまうかもしれない、程々に頼むよ」

「かしこまりました!!　……あ、ですが、あの……」

「なんだい？　どうかしたのかい？」

「シグルド副団長がリゼットさんに話しかけているようですが」

「え？」

騎士たちの言葉に、ユーリスは食堂の中を覗き込む。

リゼットのいるテーブルにシグルドが歩み寄り、声をかけているところだった。

シグルドも早朝訓練をしていたにもかかわらず、汗一つかいていない。涼やかな笑顔を浮かべている。

騎士団内では白銀のサーコートに、副団長の証である青いマントを羽織《はお》っている。

美しい銀髪が朝日を浴びて煌《きら》めき、切れ長の目はリゼットを見て優しく細められた。

「おはようございます、リゼットさん！　ああ、今朝のリゼットさんもなんとお美しいのでしょう。もしや花の精霊がこの世に姿を現したのではないかと己の目を疑ってしまいましたよ。あるいは聖女、あるいは天使、あるいは女神！　貴女の美しさを表現するのに、どんな賛辞の言葉をもってしても足りない……リゼットさんのような才気煥発にして才色兼備、秀麗眉目な女性を俺は他に知りません。おお神よ、大地の精霊よ！　この世にリゼットさんを誕生させてくれたこと、そして俺と巡り合わせてくれたことを心より感謝いたします！　さあリゼットさん、今日も一日頑張りましょう……あれ、リゼットさん？　リゼットさーーーん‼」

「あばっ……あばばばばばばば……」

リゼットは真っ青な顔で白目を剥《む》いて、背もたれに背中を預けて痙攣《けいれん》していた。

ユーリスは盛大にため息をついて額に手を添える。

「あのバカ、言わんこっちゃない……ほらキミたちも分かっただろ？　リゼットを褒めちぎるとああなるんだよ」

「は、はい……かしこまりました」

「まったく……シグルド、今すぐリゼットから距離を取るんだ」

「ユーリス様‼」

ユーリスが食堂に入って声をかけると、シグルドは振り向いた。

「常に自信に満ち溢れているキミのオーラは、リゼットにとって瘴気《しょうき》にも等しい。彼女のためを思うのなら、陽《よう》のオーラを一気に浴びせかけるのは止めるんだ」

「ユーリス様、お言葉ですがリゼットさんは存在そのものが尊いのです。リゼットさんが俺の目の前に存在する。ただそれだけで世界は光に満ちるのです。リゼットさんの存在そのものが奇跡、彼女がいない世界に意味などありません。リゼットさんが目の前にいる以上、俺は彼女を称賛せずにはいられないのです！」

「……あばば……あば……」

「やめるんだシグルド！　リゼットの呼吸が止まりかけている‼」

「なんですと⁉　それでは俺が人工呼吸を――」

「トドメを刺す気か⁉　リゼットのためを思うのなら離れるんだ！　そして今日はもう近付くんじゃない！　リゼットは一日に摂取できる陽《よう》のオーラの限界量を超えて中毒症状が出ている！　こ

のままだと彼女の命に関わるぞ‼」

「くっ……仕方がありませんね。リゼットさんの命には代えられません。今日のところは引き下がります、失礼しました！」

さすがにリゼットの命には代えられないと分かったのだろう。シグルドは颯爽と去っていった。

「リゼット、リゼット！」

「はっ……ゆ、ユーリスさん……？」

「大丈夫かい？」

「わ、私は一体何を……？」

「もういい、何も思い出さなくていい。今日は薬品工房に籠《こも》って、暗くてジメジメした地下室の隅っこで膝を抱えて一日中壁に向かって話しかけていていいよ」

「ああ……それは素敵ですね。想像しただけで心が癒《いや》されます……」

リゼットはうっとりと微笑む。

リゼットはこの一週間で、自分で作った美容アイテムを使って見違えるほど美しくなった。

アンネリーたちに化粧方法や礼儀作法も教えてもらったおかげで、所作も洗練されてきた。

だがいくら見た目が変わっても、人間の本質はそう簡単に変わらない。

相変わらずリゼットの性根は闇属性のままだ。

リゼットは暗くて静かな空間で一人過ごす時間を夢想して、恍惚《こうこつ》とした表情を浮かべた。

◇◆◇

リゼットが騎士団で働き始めて二週間近くが経過した。その間、冒険者ギルドでは大きな変化があった。

底辺冒険者としてお荷物扱いされ、ギルド内でも蔑《さげす》まれていたリゼットが、王子に気に入られて王国騎士団にスカウトされた。

その話は、すぐさまギルド内で広まった。

何せギルドマスターが直々に目の当たりにしていた訳である。そしてリゼットへの侮辱は王国騎士団への侮辱と受け取るとまで言われた。

うっかり今までと同じノリでリゼットを悪く言えば、下手をすればギルド全体の問題になりかねない。よって、リゼットを悪く言う者はいなくなった。

それでもリゼットを内心良く思わない者もいる。

それはリゼットを追放したパーティー【鈍色の水晶】のリノだ。

リノはリゼットを追放した後でAランク冒険者の回復術士、プリーストのジュエルをパーティーに入れた。

Fランク冒険者で下級職のリゼットがいなくなったおかげで、パーティーの総合力は上がった。そして【鈍色の水晶】は、先日晴れてSランクパーティーと認められた。

だが以前よりも連携が取れなくなり、魔物を仕留めるのに時間がかかるようになっていた。それになんだか、妙に疲れやすくなってしまった気がする。

今日もたかだかオーガを倒す討伐依頼に手こずってしまった。

それというのもソードマスターのリノが一人で倒そうとしたのに、グラップラーのアクセルやマジックナイトのダリオがしゃしゃり出てきて邪魔になったせいだ。

しかもアークウィザードのメイラが放った炎魔法に危うく被弾しかけて、こちらが火傷《やけど》を負うところだった。

オーガを仕留めるのに時間がかかった挙句《あげく》、無駄な怪我《けが》もした。おかげでプリーストのジュエルは働きっぱなしで、

「こんな激務だなんて聞いてなかったんですけど～」

……と文句を言っては、当初の予定以上の報酬額《ほうしゅうがく》を要求してきた。

おかしい。リゼットがパーティーにいた頃は、こんなことにはならなかったのに。

本日の報酬《ほうしゅう》をギルドのカウンターで受け取り、【鈍色の水晶】の面々はテーブル席で報酬《ほうしゅう》を分け合う。

リノは内心不満を抱えながらも、表面上は笑顔を浮かべてジュエルの要求に応えた。

「まあまあ、落ち着けよジュエル。今や俺たち【鈍色の水晶】はSランクパーティーだぜ。【鈍色の水晶】で働けるだけ光栄だと思ってくれよ」

「え～、それってやり甲斐搾取《さくしゅ》ってやつじゃないですかぁ～。私はもっとお賃金に見合った仕事をしたいんですぅ～」

「……リゼットは賃上げ要求などしてこなかったのに……」

「え～？　何か言いました～？」

「チッ、なんでもない。ほら、今日の報酬《ほうしゅう》に色をつけてやる。これで満足してくれ」

「はぁい、じゃあ今日の分はこれでいいです～！　毎度ありぃ！」

ジュエルは金貨の入った袋を受け取る。リノは内心舌打ちしたい思いだった。

リゼットはジュエルの十分の一の報酬《ほうしゅう》で文句一つ言わなかった。

まあリゼットは最底辺のFランク冒険者だったので、文句などつけられるはずもないのだが。

「はあ……」

アークウィザードのメイラも盛大にため息をついた。

リゼットが抜けて連携がうまく取れなくなってしまった。

魔物を倒すのに手こずるようになり、魔力を無駄に消耗するようになっていた。

魔力回復用のマナポーションも持ち歩いているが、市販品はリゼットが調合してくれた物よりも回復量が少ない気がする。

リゼットのマナポーションは一本で魔力がフルチャージされた上に、疲労まで回復していた。

しかし市販品では三本ぐらい飲まないと魔力が全回復せず、おまけに疲労も取れない。

今までずっとリゼットと一緒に行動して、ポーションを作ってもらっていたから気付かなかった。

どうやらリゼットの調合の腕前は、そこらの薬師を遥かに上回っていたようだ。

「……もしかしたらリゼットをクビにしないほうが良かったんじゃないかしら」

メイラはつい本音を漏らす。すると、リノが物すごい目つきで睨《にら》んできた。

「ハァ？　俺の判断が間違っていたとでも言うつもりか？　だとしたら許さねぇぞ！」

「だってリゼットが居なくなって以来、私たちは全然活躍できていないじゃない。市販の薬は効きが悪いし、連携も取れなくなった。……これってリゼットをクビにした貴方のミスよね」

「ふざけんな！　リゼットは足を引っ張っていたんだ！　あのままリゼットが【鈍色の水晶】にいたら、俺たちはいつまで経ってもSランクパーティーになれなかったんだ！」

「そうかもしれないけど……でもリゼットが抜けた後、私たちがうまくいかないのは事実でしょう？」

「うっ……」

「あの子のサポートは的確だったわ。必要な場面で、必要な薬品を判断して迅速に使ってくれたもの。リゼットのマナポーションが優れていたおかげで、私は魔力の枯渇を気にせず魔法を使えたのよ。リゼットは地味で目立たなかったけど、【鈍色の水晶】に必要な人材だったのよ」

「……」

「でも、もう遅いわね。リゼットは私たちのもとを離れてしまった。今は王国騎士団に雇われているんでしょう？　今さら戻ってきてくれるはずがないわ」

「……いい加減にしろ、メイラ!!」

リノは力任せにテーブルを両手で叩いた。その音に驚いて、金貨を数えていたジュエルが袋を落としてしまう。

「ああ～！　ちょっと、いきなり何するんですかあ～!!」

「うるさい！　大体、お前が思った以上に役に立たないから悪いんだぞ！　Aランクのプリーストだから雇ってやったのに、Fランク調合師以下の働きなんて詐欺《さぎ》だ!!　そのうえ高額の報酬《ほうしゅう》を要求するとは、とんだ厚顔無恥な女だな!!」

「はぁ!?　なんですかそれ!?　あたしが役に立ってないとか、よくそんなことが言えますねぇ！　リーダーのあんたがパーティーをうまく仕切れてないせいでしょ!?　人のせいにしないでくれますう～!?」

「何だとこの女ぁ!!　表に出ろやコラァ!!」

「上等ですよお～、やってやろうじゃないですかあ～!!」

「おい、やめとけ二人とも」

アクセルが止めに入るが、二人は聞く耳を持たない。

睨《にら》み合うリノをアクセルとダリオが、ジュエルをメイラが抑えつけて引き剥がす。

「離してくださいよ～！　あのバカ男を叩きのめせないですぅ～!!」

「落ち着いて、ジュエル！　ここでリノと喧嘩《けんか》しても何も解決しないわ！」

「そうそう。それにこんなバカげたことで喧嘩《けんか》している場合じゃないだろ？　せっかくSランクパーティーになる夢を叶えられたのに！」

「そんな夢、あたしの知ったことじゃないですよ～！　あたしはただ雇われただけのプリーストで、働きに見合った報酬《ほうしゅう》を要求してるだけです～！　今以上の働きを要求するのなら相応の対価を支払ってくださいよぉ!!」

「黙れジュエル!!」

――バシッ!!

リノは怒りのあまり、思わずジュエルを殴った。

「痛ったぁ!!」

殴られたジュエルは椅子ごとひっくり返った。

「ジュエル！　大丈夫⁉　ちょっとリノ、あんた仲間に何するのよ⁉」

「そんな奴は仲間じゃない！　本人も言ったじゃないか、ただ雇われただけの関係だってな!!」

「だからって殴っていいことにはならないでしょう⁉　ジュエル、しっかりして。もう行きましょう、今のリノとは一緒にいられないわ！」

「うううぅ〜……」

メイラはジュエルを助け起こすと、リノを睨《にら》んで背中を向ける。

そしてジュエルを支えながらギルドを出ていった。残されたリノはテーブルに拳を叩きつける。

「どいつもこいつも……！　なんで俺の思い通りに動かないんだ!!」

そんなリノを見て、ダリオとアクセルは顔を見合わせて肩を竦《すく》めた。

一方、ギルドを出たメイラはジュエルを宿屋まで送っていく。

ジュエルの宿は商業区にある高級宿だ。

夜なのにフロントは魔道ランプに照らされて煌々《こうこう》と明るく、カウンターには燕尾服《えんびふく》を着た品のいい受付が控えている。

メイラはジュエルを部屋に運び入れる。二部屋をぶち抜いた部屋で、奥が寝室、手前はリビングになっていた。

メイラはジュエルをベッドに寝かせて、冷やしたタオルを用意する。

「ほら、これで冷やしなさい」

「あ、ありがとうございます……てかメイラさん、あたしについてきて良かったんですかあ？」

「私はジュエルを一人にできないわ。それに、リノとこれ以上一緒にいるのは無理だし」

「あははぁ、それは同感ですね～」

「……昔はあんな男じゃなかったんだけどね……」

メイラはふうっと息を吐く。

二年半前、全員が駆け出しの冒険者だった【鈍色の水晶】は、夢と若さに満ち溢れていた。

最初の頃は、エネルギッシュなリノの野心がうまく仲間を牽引《けんいん》してくれていた。

だけど、いつからだろう。少しずつ仲間の意識に差が生まれてきた。

最初は小さなズレだったと思う。でもそれが徐々に大きな溝となって【鈍色の水晶】の仲間たちの間に横たわり始めた。

リノは自分一人でなんでもできると思い込み、仲間を顧《かえり》みなくなっていった。

今の【鈍色の水晶】は、誰がどう見てもリノのワンマンチームだ。

特にひどかったのは、リゼットに対する態度だ。リゼットは控え目で自己主張が少ない子だった。

そのせいでリノは、リゼットを自分の奴隷のごとく扱っていた。

リゼットの調合するポーションを我が物顔で使い、雑用を押し付けた。

それでもリゼットは嫌な顔をせずパーティーに貢献してくれていた。それなのに……

「あたし、もう【鈍色の水晶】を辞めようと思います～。仲間を思いっきりブン殴るような男なんて、いくら報酬《ほうしゅう》が良くてもついていけないし～」

「……それがいいわ。今のリノはあまりに増長しすぎだもの。一度気に入らないと思った相手は徹底的に攻撃するでしょう。前にリゼットがターゲットにされたようにね……」

「メイラさんも一緒に辞めませんかあ？」

「え、私も？」

ジュエルは当たり前でしょといった風に頷いた。

「あのリノって男、群れの中で序列を作って下だと思った相手をイジメるタイプでしょ～。あたしの前にいたリゼットって子が前のターゲットで、今は多分あたし。そんでもって今日のやり取りを見る限り、あたしがいなくなったら次はきっとメイラさんがタゲられますよ～」

「そっか……確かにそうかもしれないわね……」

「あたしと一緒に辞めちゃいましょ～？　それであたしと組みましょうよ～！」

「……」

「メイラさんは初めて組んだパーティーが【鈍色の水晶】なんでしょ？　そりゃ未練とか義理立てとかあるのかもしれないけど～。この世界、冒険者のパーティーなんていくらでも代わりがいます〜。あんまり気にしないほうがいいですよ〜」

メイラは考え込む。そうだ、確かに自分は冒険者になったばかりの瑞々しい感情が捨てきれず、【鈍色の水晶】に執着していた。

だけどリゼットが追放された時から、もう【鈍色の水晶】は以前と同じパーティーではなくなっていた……

それでも、まだやり直せるかもしれないと甘い考えを持っていた。だが、もうそんな甘っちょろいことを言っていられない。

きっかけは追放だったとはいえ、リゼットは新たな人生を歩み始めた。

メイラは今になってリゼットが【鈍色の水晶】にどれほど貢献してくれていたのか痛感した。

そんな彼女を追放した時点で、【鈍色の水晶】はもうダメだったのだ。

「……リゼットに謝らなきゃ」

「え？」

「私たちはあの子に助けられていたのに、それを当たり前だと思って感謝することを忘れていた……リゼットに謝らなきゃいけないわ。そのためにも【鈍色の水晶】を辞めて、新しい人生を始めようと思う」

「はい、決まりですね〜！」

ジュエルはメイラの手を取って握手をする。

こうして【鈍色の水晶】からプリーストとアークウィザードの二人が脱退した。

三人になった【鈍色の水晶】はますます弱体化し、ダンジョン探索の効率が落ちていくのだが、彼らがそれに気づくのはもう少し先の話だった……

◇◆◇

リゼットが王国騎士団の本部に来て、一ヶ月が経った。

その間に彼女は大量の薬品類を作り、騎士団に納品していた。

騎士団本部には付属の薬学研究所がある。王国騎士団の騎士は討伐任務が多いので、即効性があり効果の高い薬品研究が国費で行われている。市井の薬師協会とも違う、独立した組織だ。

研究所ではリゼットの作った薬の成分や効果の解析が進められている。

この一ヶ月で、リゼットの調合薬はどれも効果が既製品より優れていることが改めて判明した。

回復ポーションも、解毒剤も、マナポーションも、状態異常回復薬も、毒薬も爆薬も。すべて市販の物よりも性能が良いと、研究所で証明された。

この結果を受けて、ユーリスは多いに喜んだ。

リゼットの雇用を決めたのはユーリスだ。この結果は、リゼットが役に立つと判断した自分の考えが正しかったという証明にもなる。

それにユーリスは、リゼットに対して不遇職仲間の親近感を抱いているようだ。そういう意味でも自分のことのように喜んでくれた。

「やあリゼット、頑張っているようだね」

「ユーリスさん。はい、おかげさまで」

「リゼットさん！　俺は、俺にはお声をかけてくださらないのですか!?」

「あ、シグルドさん。どうも」

その日、ユーリスはリゼットの薬品工房を訪れた。傍らには騎士団副団長のシグルドもいる。

シグルドは副団長であると同時に、ユーリスの護衛も兼ねている。

「リゼットさんのお陰で騎士団は大いに助かっています、ありがとうございます！」

「私はただ、自分のやりたいことをしているだけですよ」

「ご謙遜《けんそん》を。リゼットさんの回復ポーションはケガの治りが早くなり、疲労も回復する優れ物。マナポーションも通常より回復量が多いと判明しました。解毒薬も効果が広く、猛毒でも中和可能。炎のフラスコも毒のフラスコも効果が格段に高いので、戦術の幅が広がります。素晴らしい、素晴らしいです、リゼットさん！　貴女は天が遣わしてくれた女神の化身かもしれません！　ぜひ【薬姫】という二つ名を献上し、騎士団内で浸透させたいと思うのですが――リゼットさん!?」

「あばっ……あばばばばば……」

「あーあ。またシグルドの称賛を浴びすぎたせいで、リゼットが白目を剥《む》いてしまったじゃないか」

ユーリスが呆れたようにため息をつく。

自己肯定感が最底辺のリゼットは、自己肯定感が山よりも高いシグルドに褒められると耐えきれなくなりショック症状を起こす。

光に照らされた闇が一層暗くなるのと同じ原理だ。

「まったくシグルド、キミも学習しないな。まあいいか。それよりリゼット、食事にでも出かけないかい？」

「食事？　いいですね！」

「ああユーリス様、それは良い提案ですね！　さあ行きましょうリゼットさん、エスコートいたしますよ！　王都でも最高級の五つ星レストランに俺がエスコートいたします！　すぐにシルクのドレスと宝石のついたアクセサリーをお持ちしますね！　ご安心ください、こういう時のために用意しておきました‼」

「あばばばばばば……」

「シグルド、ステイ。リゼットが死ぬ」

「ハッ、すみません。つい興奮してしまいまして……」

「ほらリゼット、しっかりしろ。僕が付いてる、大丈夫だ」

「あ、ありがとうございます……」

リゼットは青ざめた顔でヨロヨロと立ち上がる。

そのまま倒れそうになるリゼットを支え、三人は騎士団の食堂に向かった。

「お疲れ様です、リゼットさん」

「あ、どもども」

「今日のランチはスパゲッティ・アラビアータだったよ」

「スパゲッティ・アラビアータ？　それは楽しみです！」

「リゼットちゃん！　お風呂場のシャンプーありがとうね！　おかげで髪がサラサラよ～」

「お役に立てて良かったです」

リゼットが廊下《ろうか》を歩くと騎士団の人々が気さくに声をかけてくる。

最初こそ戸惑ったが、今では慣れた。

特に女性騎士やアンネリーたち女性スタッフから、かなり可愛がられている。

自分がオシャレからは程遠いと分かっているリゼットは、彼女たちに教えを請《こ》いにいった。

お礼に調合した美容アイテムをプレゼントして、女子寮の風呂場にもシャンプーやトリートメントを提供した。

おかげで騎士団の女性たちはみんな髪がサラサラ、肌もツヤツヤだ。

「リゼットのおかげで大助かりよ。前の石鹸《せっけん》とは比べ物にならないわね！」

「あら、あんな石鹸《せっけん》と比べたらリゼットに失礼だわ。香りも泡立ちも良いし、髪もお肌もツヤツヤになるんだもの」

「王都で売ってる高級ブランドの化粧品よりお肌の調子がいいわ。あれだけ高い化粧品を使ってもよくならなかったのに、リゼットの化粧水を塗ったら気になっていたソバカスが薄くなったのよ」

「へえ、そんなにすごいの？」

「ええ、もう手放せないわ！」

すっかり大評判だ。

元々王国騎士団は見栄えのいい人が多かったのだが、リゼットが来て以降は、さらに磨きがかかっている。

おかげで王都キーラでは、王国騎士団は美男美女揃《ぞろ》いとまるで人気の歌劇団のような扱いをされ始めていた。

そんなこんなで、リゼットはこの一ヶ月でさまざまな人と仲良くなっていた。

「はぁ……今日のご飯もおいしいですね。スパゲッティ・アラビアータ、なんて贅沢な料理なんでしょうか……！」

食堂のテラス席にて、リゼットは上機嫌でフォークを動かす。

今日のメニューはスパゲッティ・アラビアータと野菜のポタージュと焼きたてパン、それにデザートのフルーツ盛り合わせだ。

アラビアータは唐辛子を効かせたトマトソースの名称だ。パスタと合わせたアラビアータはスパゲッティ・アラビアータと呼ばれ、ペンネと合わせたアラビアータはペンネ・アラビアータと呼ばれる。

元々は外国発祥の料理で、「アラビアータ」という名前も当地の言葉で「怒り」を意味する。

唐辛子のピリッとした辛味が特徴的で、食べていると顔が赤くなるのが由来とされている。

騎士団の食堂で出されるアラビアータは、辛味が抑えられている。ひき肉とナスが贅沢に使われていて、パスタとの相性が絶妙だ。

「リゼットさんは本当においしそうに食事をされますね。料理人も作った甲斐があるでしょう」

「だって、本当においしいですもの。このアラビアータって辛いけど、後を引く甘みがあってクセになりますね。ああ、幸せ……」

「ところでリゼット。僕たちは来週魔物の生息地の調査に出るんだけど、キミも同行するかい？」

「私も同行していいのですか？」

いろいろと作った薬品の実験をしてみたい。そして実験をするのなら、外に出て実戦で確かめるのが一番手っ取り早い。ユーリスは爽やかに笑って頷いた。

「もちろん構わないよ。むしろリゼットが居てくれたほうが心強い。ぜひ一緒に来てほしい」

「分かりました！　いつ出発するんですか？」

「来週の月曜日。朝六時には本部を出発する。目的地はクラネス王国の東にある【ミネア遺跡】だ」

「ミネア遺跡！　いいですね！」

有名なダンジョンの名前を聞いて、リゼットは瞳を輝かせる。

そこならいろんな薬品の効果が確かめられそうだ。それに——

「近頃ミネア遺跡周辺の魔物が強くなっているという報告があるんだ。ちょうどキミと出会った時のティムールの森と同じようにね。あの時は森の底なし沼にヒュドラが棲《す》みついていて大変だった。今回も同じようなことが起きているかもしれない」

「ミネア遺跡周辺では【黄金のリンゴ】や【聖なるブドウ】が採取できるんですよ！　それとミネ

ア草原は薬草が豊富な上に、そこに生息する魔物も素材になります。楽しみです！」

「あはは、リゼットがやる気を出してくれて嬉しいよ。ねえ、シグルド？」

「はい！　俺が全身全霊をかけてリゼットさんをお守りしますので、ご安心ください！」

こうしてリゼットたちは、次の月曜日にはミネア遺跡の調査に向かうことが決定した。

# 第三章　古代遺跡

そして翌週。予定通り午前六時前に、王国騎士団の精鋭がミネア遺跡に向けて出発した。

王国騎士団は三百人の騎士と、本部を運営するスタッフ、薬品や魔道具を研究・開発する研究者を擁しているが、今回調査に向かうのはシグルド副団長率いる五十人の精鋭と、リゼットとユーリスである。

他の騎士は王都に残り、王都の警邏《けいら》や王城の警備、本部での訓練など、通常と同じ業務をこなす。

調査や遠征にあたって、最高責任者の騎士団長が出陣することは滅多にない。

団長は王国騎士団を統括し、王宮の警備を指揮する重要な立場なので、よほどのことがない限り王都を離れないのだ。

そのため王都の外にあるダンジョンでの任務で指揮をとるのは、若いながら実力のある副団長シグルドの役割だ。

シグルドを始めとする騎士たちは軍馬に跨《また》がり、リゼットやユーリスといった非戦闘員は馬車の荷台で揺られる。リゼットは外の景色を眺めた。

「綺麗な景色ですね。風も心地いいです」

「そうだね。……この辺りはまだ王都に近い。ここから東に進んで山を越えた先に、目的地のミネア遺跡があるんだよ。リゼットはミネア遺跡についてどのくらい知っている？」

「確か、古代文明時代の遺跡ですよね。他では見られないような魔物が出没したり、珍しい植物が群生していたり……あと、貴重な鉱石や宝石も採取できるとか」

「うん、正解。ミネア遺跡はクラネス王国にとって大切な資源採掘地でもあるんだ。あそこが使えないと困る。だから王国騎士団が派遣されるんだ」

「なるほど……」

騎士団で育てられている軍馬の足は速い。

半日ほどで二つの山を越え、目的地のミネア遺跡前に到着した。

古代の建築様式で造られた巨大な遺跡は、数百年以上の月日を経てもなお、形を保っている。

所々崩れていて、廃墟《はいきょ》のごとく植物が生い茂っていた。

ミネア遺跡の入り口付近では、あちこちに洞窟《どうくつ》が口を開けている。鉱山や宝石が採掘できるのは、この洞窟《どうくつ》の深部だ。鉱石が採れる洞窟《どうくつ》内では坑木《こうぼく》が組まれ、崩れないように補強されている。

黄金のリンゴや聖なるブドウといった植物は、遺跡の周りに広がる森や草原で採取できる。

その森の手前には小さな集落があり、鉱夫や冒険者たちが生活していた。

騎士団一行は、まず集落で聞き込みをすることにした。

「聞き込みには時間がかかります。リゼットさんとユーリス様は自由に過ごしてください」

「分かりました。その間、採取に行ってもいいですか？」

「はい。調査を行うのは明日以降ですので、今日はご自由にどうぞ」

「ありがとうございます！」

シグルドから許可をもらい、リゼットはユーリスと二人でミネア草原へ採取に向かった。

「ユーリスさん、見てください！　ミストハーブやホタル花、レッドハーブやリーベ草も生えてますよ！」

「珍しいのかい？」

「はい、とても！」

リゼットは採取した薬草類をユーリスに一つずつ見せて説明する。

「ミストハーブはマジックハーブの上位種で、含有する魔力量が多いんです。なので、ミストハーブを使うと上質なマナポーションが作れるんです」

「ふむ」

「ホタル花は含有魔力量は低めですが、魔力を使って暗闇で発光する性質があります。このまま摘んでも光源として使えますけど、もって大体一晩ですね。ミストハーブと一緒に調合すれば、弱点の魔力含有量の低さを補ったオイルになります。長時間使える光源燃料になりますよ」

「なるほど、面白いね。魔道ランタンの燃料に良さそうだ。ぜひ王都に戻ったら作ってもらいたいな」

「任せてください！」

リゼットは胸を叩いた。

「レッドハーブやリーベ草は何に使うんだい？」

「レッドハーブはスパイスになるんです。調合すれば、胡椒《こしょう》やハーブスパイスも生成できるんですよ。食卓に欠かせない一品ですね」

「なるほど。スパイスは交易品としても価値が高い。これもまた、王都に戻ったら詳しい話を聞きたいね」

「はい！　次に、リーベ草は根や花の部分に毒が含まれているので【毒のフラスコ】などの原材料として使えます。でもとても良い香りの花なので、毒を中和すれば香料としても使えますよ。人間が嗅《か》ぐだけならいい香りだけど、魔物には毒の匂いと認識されるんでしょうね。退魔の香水の原材料にもなります」

「へえ……」

リゼットは夢中になって解説する。

普段は自信のない彼女だが、薬作りや素材の説明をする時は饒舌《じょうぜつ》だ。

瞳を輝かせて話すリゼットを見て、ユーリスは目を細めた。

「リゼット、キミの知識はとても興味深いね」

「そうですか？」

「うん。僕の知る薬師は、伝統的な薬の作り方や使い方を律儀に守る人ばかりでね。そして一つの分野に特化している人が多い。医薬品なら医薬品、火薬なら火薬、化粧品なら化粧品といった具合にね」

たしか薬師協会では、専門分野による利権があるという。そのため、専門分野の知識は豊富なものの、専門外の薬品調合は苦手なのだと、リゼットも聞いている。

しかし、リゼットは冒険者ギルド所属の調合師だったので、なんでも作れないと生活していけなかった。

「一つの分野に特化するのも悪くないんだけど、思考が膠着《こうちゃく》しやすい弱点もある。特に今の薬師協会の場合はね。キミみたいに新しい発想を取り入れて、違う分野の薬品同士を組み合わせて、柔軟にアレンジしていくのも技術革新には大切なことだと思うんだ」

「……私はまだまだ勉強不足ですよ」

リゼットは謙遜《けんそん》してそう言ったが、ユーリスは左右に首を振って否定する。

「そんなことはないさ。リゼットと話していると、僕も知らないことをたくさん学べる」

その言葉に、リゼットの心臓がドクンと跳ねる。

……まただ。たまにユーリスはこんな調子で、目を細めて慈《いつく》しむようにリゼットを見る時がある。

そうなるとドギマギして、どうすればいいのか分からなくなってしまう。

リゼットは多少強引に話の流れを変えることにした。

「いっ、いえ、ユーリスさんこそすごいですよ！　シン・ステータス解析装置はこれまでの解析装置と比べ物にならないほど優秀じゃないですか！　冒険者レベルとジョブレベルを別々に判定できるなんて、すごく画期的だと思います！　あの装置があれば、私みたいな底辺冒険者でもジョブチェンジ試験を受けられたんだろうな……」

「ああ、そのことだけど」

ユーリスは思い出したように、背負っていた荷物を漁《あさ》り始める。そして黒くて細長い棒状の物体を取り出した。

リゼットは首を傾げる。弓矢にも見えるが、形状が少し違うようにも思える。

強いていうならクロスボウに似ているかもしれない。

「はいこれ、リゼットにプレゼントだ」

「なんですか、これは？」

「スリングショットの専用アタッチメントさ」

「スリングショットの？」

スリングショットといえば、リゼットが唯一扱える武器のようなもの。

アイテムを飛ばすパチンコに似た道具で、飛距離は長いが殺傷力は低い。

「これを装着すれば、アイテムの代わりに矢を射出できるようになっている。キミは調合師としては超一流だけど、魔物を倒す術は持っていないだろ？　でもこのアタッチメントを使えば貫通力が高まるから、レベルの低い魔物なら倒せるようになる。……かもしれない」

「本当ですか⁉」

「理論上はね。魔物さえ倒せば経験値が入ってくるから、キミの冒険者レベルもアップするはずさ。……そうだな、まずあそこにいるスライムを倒してみようか」

ユーリスが指差す先を見る。

少し離れた場所に、まだこちらに気付いていないスライムがいた。

スライムは最弱の魔物であり、駆け出し冒険者の獲物として有名だ。しかしリゼットは首を振った。

「む、無理です！　だって私、今までまともに魔物を倒した経験なんてないんですよ⁉」

【鈍色の水晶】時代は、他のメンバーがほぼ全員戦闘系の職業で、リゼットはひたすら薬品を投げるサポートの役回りだった。

魔物と戦う時も、リゼットが薬品を投げて弱らせて、他のメンバーが倒す。

リゼット自身が魔物を倒したことがないからこそ、経験値をすべて他のメンバーに吸われていたのだ。

「ほら、スリングショットなら今までも使っていただろう。あの要領でアタッチメントの矢を飛ばせばいい。さあ、やってみるんだ」

「ううう、せっかくユーリスさんが作ってくれたんだもの……やるしかない……！」

ユーリスに促され、リゼットはスリングショットにアタッチメントを装着する。

アイテムを飛ばすだけのパチンコは、即席の不格好な弓矢のようになった。

恐る恐る矢をつがえて、スライムに向かって発射する。

「ピギィッ！」

矢は見事に命中して、スライムは呆気なく絶命した。

リゼットは信じられない思いで自分の手を見つめる。

「い、今のは……？　私がスライムを倒したんですか？　この万年Fランク冒険者の私が⁉」

「そうだよ、リゼットは魔物を倒せたんだ」

「ずっと冒険者レベル三で、底辺扱いされていた私が!?」

「今のでキミの冒険者レベルは五に上がったよ。おめでとう」

ユーリスは誇らしげにシン・ステータス解析装置の画面を見せた。

そこに記された数字は、確かにリゼットの冒険者レベルがアップしたことを示していた。

「こ、こんなに簡単に倒せるなんて……私の二年半って一体……」

「さあ、この調子でどんどん倒していこう！　リゼット、あそこにもスライムがいるよ。もう一度矢を放つんだ」

「は、はいっ！」

リゼットは言われるままにスライムを狩り続けた。

最初はおっかなびっくりだったが、慣れてくると楽しくなってきた。

今までサポートばかりで、魔物を直接倒す機会はほとんどなかったため、こんなに楽しいものだとは知らなかった。

リゼットは夢中でスライムを撃ち続けた。

撃って撃って撃ちまくり、気が付いたらレベル十まで上がっていた。

「よくやったねリゼット！　レベル十になったよ！」

「はあ、はあ……そ、そうですか……っ」

「これで今のシステムでもジョブチェンジが受けられるようになったね。キミがその気なら僕が手配してもいいけど」

「あ、ありがとうございます……ぜえ、はあ……」

「大丈夫かい？　疲れたのなら休憩しようか」

「は、はい……すみません……！」

慣れない魔物退治で興奮したせいで、異様に疲れてしまった。

ユーリスとリゼットは近くの木陰に座り込む。

リゼットが落ちついたのを見て、ユーリスは弁当のサンドイッチを取り出して差し出した。

お腹が空いていたリゼットの表情が明るくなる。

「今日は天気もいいし、絶好の採取日和《さいしゅびより》だね。こんな日には外で食べるご飯が一層おいしく感じるよ」

「はい、いただきます！　……ん〜っ、おいしいです！」

二人は並んで座り、今日の弁当用に渡されたバゲットサンドを食べる。

中身はハムとカマンベールチーズとトマトだ。キノコとチキンのグリルサンドもある。

どちらもとてもおいしい。採取したり魔物を倒したり、体を動かした後だからより一層おいしく感じる。

まるでリスみたいにサンドイッチを頬張るリゼットを見て、ユーリスがくすりと笑う。

「そんなに急いで食べなくても、サンドイッチは逃げないよ」

「ご、ごめんなさい、つい夢中になってしまって」

「気にしないで。それだけ喜んでくれたら用意した甲斐があったよ」

「騎士団のご飯はどれもおいしくて大好きです！　それにユーリスさんはいつも親切ですよね。わざわざお弁当も用意してくださって、ありがとうございます」

「僕は自分が優しいと思ったことはないよ。それなりの打算があって、親切にしているだけさ」

「あはは……またまた御冗談を」

リゼットはなんとなく目を逸らす。

そんな彼女を見つめながら、ユーリスは言葉を続けた。

「僕はキミに会えたことが何よりも嬉しいんだ。こうしてキミと一緒にいるだけで楽しいよ」

「えっ⁉　そ、それはどういう意味ですか……⁉」

「どういう意味だと思う？」

ユーリスは悪戯《いたずら》っぽく微笑んで、リゼットに顔を近付けた。

吐息がかかるほど近くに彼を感じる。

「ユ、ユーリスさん⁉」

「ねえリゼット……このままずっと一緒に居たいって言ったらどうする？」

「ど、どうして急にそういう話になるんですか⁉」

「そう怒らないでくれよ。……リゼットの反応が面白いせいで、ついいじめたくなってしまうんだ」

「や、やめてくださいよ！　心臓に悪いです！」

ユーリスは楽しそうに笑い声を上げる。そんな彼の態度にリゼットは膨《ふく》れた。

「ごめんごめん。機嫌を直してくれないか？　ほら、仲直りの証にカニ型ウインナーをあげるよ」

ユーリスはウインナーをリゼットの口に入れる。

「はむっ!?　……あ、おいしい。ありがとうございます」

リゼットは一転して笑顔になった。

そんな彼女を見て、「単純だなぁ」と苦笑しながらユーリスは水筒の水を飲んだ。

「ところでリゼット、上位職についてなんだけど」

「あ、はい。どんなジョブが選べるんでしょうか」

「実はいくつか候補があるんだ。生産職なら【錬金術師】や【魔道具師】。学術方面に才能を伸ばしていきたいなら【薬学研究者】。冒険者方面なら【アイテム師】あたりがオススメかな」

「そんなにあるんですね……どうしよう、迷ってしまいます……」

「だけど僕はリゼットには、ぜひとも調合師のままでいてほしいんだ」

「え？」

「僕もシグルドも騎士団のみんなも、薬師としてのキミの腕に惚れ込んでいる。……冒険者だと上位職へのジョブチェンジが必要かもしれないけど、今のキミは冒険者ではない。騎士団専属の薬師だ。もしなりたいジョブが決まっていないなら、無理する必要はないよ」

「……そうですね。せっかく騎士団に雇われたんですもの。もっと皆さんのお役に立ちたいです。だから、このまま調合師でいさせてください！」

「ありがとう、リゼット」

今後も冒険者として活動していくならジョブチェンジを考えた方がいいだろうが、今のリゼットは騎士団所属の薬師だ。特別、ジョブチェンジをする必要はない。

リゼットの答えを聞くとユーリスは柔らかく微笑んだ。


昼食を食べ終えた二人は、シグルドたちが聞き込みを行っている集落に戻った。

ちょうど有力な情報を持っている者が判明し、今から話を聞きにいくということだったので、二人も同行することにした。

集落の若者は、身振り手振りを交えながら騎士団に説明した。

「二週間前、ミネア遺跡の奥から獰猛《どうもう》な恐ろしい唸《うな》り声《ごえ》が聞こえてきました。ほぼ同じころに森や洞窟《どうくつ》に出る魔物が強くなったので、調査のために冒険者に依頼して遺跡内に派遣しましたが、しばらく経っても戻ってきませんでした。おかげで近頃作業が滞《とどこお》りっぱなしです。このままじゃ仕事にならないんで、王都の騎士団に調査を要請したんですよ」

これまでの聞き込みの結果とも、この内容は相違ないらしい。シグルドは頷く。

「ユーリス様、これは由々しき事態ですよ。これは明日にでも遺跡に入って調査を行おうと思います。リゼットさんとユーリス様はどうされますか？　この集落に残って俺たちの帰りを待っていただくのが安全でよいかと……」

「バカを言うなよ、シグルド。それじゃあなぜついてきたのか分からないじゃないか」

「そうですよ。素材や植物には詳しいので、私もなにかお手伝いできるかもしれません。同行させてください」

それに遺跡の中でしか採取できない珍しい素材があるかもしれない。

珍しい素材が手に入れば調合の幅が広がる。こんな機会を逃す手はない。

「ユーリス様もリゼットさんも本当に勇敢ですね。分かりました。それでは、明日朝から遺跡に入りましょう」

その日は集落の宿に一泊した。


翌朝、シグルドは部下たちを引き連れ、ミネア遺跡へ入る。リゼットとユーリスも続いた。

遺跡は地下深くまで広がり、迷宮のような入り組んだ構造になっている。

奥へ進みすぎて迷ってしまい、帰ってこられなかった冒険者もいるとシグルドが言った。

その話を聞いたリゼットは荷物から壺と筆を取り出すと、遺跡の入り口に扉を描いた。

「リゼットさん、それは？」

「【亜空の絵の具】です。こうやって入り口周辺と、ダンジョン内の壁などに扉を描くと、空間が繋がるんです。これを使えば迷いやすいダンジョンや遺跡でも、簡単に脱出できるんですよ」

「へえ、そんな便利なアイテムがあるのですね！　それもリゼットさんが作られたんですか？」

「はい。魔法職の人が使う【ダンジョンエスケープ】の魔法に着想を得て作ったんです。あ、でも魔術師の魔法に比べたら全然大したことありません。あっちは下準備とか必要ありませんし、材料費もかからないし……」

　ダンジョンエスケープは魔力消費量が多いものの、一瞬でダンジョンの外に出られる移動魔法だ。主に上位魔法職の人間が扱える。

「亜空の絵の具は、壺一つ分作るだけで五千ベルぐらいかかりますし……」

「それでもすごいですよ。我々の中にはダンジョンエスケープを使える魔術師がいません。【アリアドネの糸】を来た道に括《くく》りつけて、迷わないよう気をつけるぐらいしか対策が取れないと思っていました」

　アリアドネの糸は入り口に糸を括《くく》りつけ、帰る時にはそれを辿《たど》ると脱出ができる、というアイテムだ。

　ダンジョンエスケープの魔法が使えない探索者にとって大切なアイテムだが、冒険者が多いダンジョンだと、他人の糸と絡まってグチャグチャになることもある。

　それに魔物に切断されることもあり、少し心許ないアイテムなのである。

　ちなみに亜空の絵の具で扉を描く際には、このアリアドネの糸を原材料にした【魔法筆】を使っている。

「リゼットさんはなんて才能溢れる女性なのでしょうか。才媛、才色兼備という言葉は貴女にこそ相応《ふさわ》しい……俺はリゼットさんに巡り合えて感激しています！」

「や、やめてくださいシグルドさん……ここで倒れたらシャレになりません……！」

「も、申し訳ありません！　くっ……遺跡を出るまでリゼットさんを褒め称えるのを我慢しなければならないなんて……断腸の思いです……！」

「日頃から我慢するように訓練しなよ」

ユーリスが冷静に、かつ呆れたようにツッコミを入れた。

何はともあれ、こうして騎士団一行のミネア遺跡探索が始まった。

「ところでシグルド、この遺跡で問題なのは強い魔物だけじゃないよね？」

「はい、ユーリス様。最近行方不明になった冒険者が二名ほどいるようです。どこかで行き倒れているか……最悪、魔物の餌食《えじき》になった可能性もあるでしょう」

「遭難した冒険者を見つけたら保護しよう」

「もちろんです。我々は王国騎士団ですからね」

王国騎士団は王家に仕え、忠義を尽くし、民を庇護し、人々が平和に暮らせるよう尽力することが信条の騎士団だ。

冒険者といえども民は民。見捨てるようなことはできない。

こうして一行はミネア遺跡の中を進んでいった。

◇◆◇

一方その頃、ミネア遺跡の最深部手前の通路の一角にて。

多数の魔物が闊歩《かっぽ》する中、息を潜めて物陰に身を隠し、周囲の様子を窺《うかが》っている二人の冒険者がいた。

「はあ、はあ……」

「メイラさ～ん、大丈夫ぅ～？」

「え、ええ、ジュエル……少し息切れしただけよ」

冒険者パーティー【鈍色の水晶】を抜けたメイラとジュエルだった。

リーダーであるリノのパワハラに耐えかねて脱退したまではいいが、【鈍色の水晶】は王都の冒険者ギルドのSランクパーティー。

辞めた二人をリノは許さず、メイラとジュエルが王都周辺では活動しにくいよう妨害してきた。

だから王都から離れたダンジョンでの依頼を受けるようになっていたのだが……

「ごめんなさい、ジュエル……まさかここまで魔力が回復しないなんて思わなかったわ」

「気にしないでいいですよ～。数時間ぐらい隠れてじっとしてれば、元に戻るでしょうし～」

ミネア遺跡の深部には、表層部より遥かに強い魔物ばかりが生息していた。

メイラもジュエルも魔法や回復術を使いすぎたせいで、すっかり魔力を使い果たしてしまった。

おかげでダンジョンエスケープの魔法も使えない。

もちろん探索に当たって、マナポーションを大量に買い込んできた。

しかし、計算した以上に回復しない。今までリゼットの作るマナポーションを使用していたメイラにとって、ここまで回復量が少ないというのは大きな計算違いだった。

魔力切れを起こしたメイラは魔物の攻撃を躱《かわ》せず負傷し、その傷を癒《いや》すためにジュエルまで魔力を使い果たしてしまった。

（やっぱり、リゼットの作るマナポーションの回復量は規格外だったのね……たった一本で魔力をフルチャージしてくれるだけじゃなく、疲労まで取ってくれたもの。その感覚が抜けきらなくて無茶をしてしまったわ……）

リゼットの作ったマナポーションは、市販のものに比べて圧倒的に性能が良い。

メイラはいつもその恩恵を受けていた。リゼット以外の調合師が作ったマナポーションを使ってみて、改めてその効果の高さを痛感させられた。

（それなのに私は、ちっともリゼットに報いることができなかった……なんて愚かだったのかしら。ここで命を落とすのは自業自得だけど、自分の罪を償えなかったのだけが心残りだわ……）

魔術師やヒーラーは、魔力を使い果たした状態でも数時間じっとしていれば、次第に魔力が回復していく。

ただし回復する前に魔物に見つかって襲われたら一たまりもない。抵抗する術がなく、一巻の終わりだ。

今はこうして物陰で息を潜め、魔物に見つからないように祈りながら身を隠すしかなかった。

◇◆◇

ミネア遺跡の調査を始めた王国騎士団一行は、順調にダンジョン内を進んでいた。

遺跡内にはさまざまな魔物が出没する。

ゴーレムやガーゴイルといった遺跡特有の魔物。

マミーにゾンビといったアンデッド。

ウィルオウィプスといったゴースト属性の魔物も出没する。

物理攻撃が有効な魔物は、槍や剣を装備した騎士が物理攻撃で薙《な》ぎ払《はら》い、

「三連突き!!」

「剣《つるぎ》の舞!!」

「炎のフラスコ!!」

「雷光一閃《らいこういっせん》!!」

アンデッドやゴースト属性の魔物は、リゼットが作った攻撃アイテムで弱体化させ、シグルドが駆逐していく。

シグルドは騎士の名門・ジークムント家の嫡男だ。ジークムント家は【剣聖】の家柄とも呼ばれており、繰り出す攻撃には聖属性が付与される。それ故に、アンデッドやゴーストに対して強い。

ユーリスはシン・ステータス解析装置を使って遺跡内の構造や、生息する魔物を分析。弱点を的確に見抜きつつ、進むべき道を示していった。

「リゼットさん、お見事でした。マミーが火に弱いと即座に見抜いて一網打尽にするとは流石《さすが》です!」

「いえいえ、トドメを刺してくれたのはシグルドさんですよ。いくらレベルアップしたとはいえ、

私だけではあのレベルの魔物を倒せません」

「謙遜《けんそん》なさらないでください。俺は感動しました！　あの魔物の群れを見ても怯《ひる》まず立ち向かおうとする姿勢、そして仲間を守るためにあえて危険に飛び込む勇気！　まるで聖女様でした！　いやむしろ天使、あるいは女神様かもしれない！」

「や、やめてください……死んでしまいます……！」

「シグルド、ステイ。ダンジョン内でリゼットが倒れたら困る」

「そうしたら俺がリゼットさんを背負って運んでいきますよ!!」

「自重するんだシグルド。せめて遺跡を出るまでは我慢するんだ」

「くうぅっ……！　リゼットさんをお姫様抱っこする機会が目の前にあるのに……！　くっ……俺は一体どうしたら……！」

「普通に歩こう。頼むから」

騎士団一行はそんな会話を聞き流しながら、遺跡の探索を順調に進めていく。

シグルドの過剰な称賛の言葉にリゼットが拒否反応を起こし、それをユーリスにたしなめられるのは、もはや王国騎士団の日常風景と化していた。そのため、騎士団の誰もが大して気にせず探索を続けた。

遺跡に出没する魔物は、やはり全体的にレベルが高い。

一向は探索するうちに、奥へ続く道を発見した。

「この先が最深部ですね。副団長、いきましょう！」

「待て！　この先は凶悪な魔物がいる気配があるぞ！」

先頭を進んでいた部下の騎士を、シグルドが制止する。

彼は王国騎士団の副団長であり、王国の至剣と謳《うた》われるほどの実力者でもある。

強敵の気配を敏感に察知して、先へ進もうとする部下の騎士を手で制した。

その直後、遺跡内に獣じみた咆哮《ほうこう》が響き渡る。地の底から響くような、重々しく恐ろしい咆哮《ほうこう》。

生物的本能が危機感を掻き立てる。空気が振動し、ビリビリと震えて全員の肌に伝わってきた。

「な、なんですか、今の声は!?」

「この先に何かいます！　気を付けろ！　恐らくこれは……！」

シグルドが言い終わらないうちに、轟音《ごうおん》と共に通路の壁の一部が破壊される。

調査に当たっていた騎士の全員が武器を構え、臨戦態勢に入る。

それと同時に金色の光が閃《ひらめ》き、壊れた壁の向こうに三つの影を照らし出した。

「くっ……！　【ライトニング・サンダー】!!」

「【ホーリー・アロー】ですぅ～!!」

どうやら先にダンジョンへ潜っていた冒険者——どちらも女性だ。それぞれが雷魔法と神聖魔法で敵を攻撃している。

彼女たちが放った攻撃が遺跡内を明るく照らし、敵対している魔物の姿を鮮明に映し出した。

女性冒険者たちと戦っていたのは、体長三メートル近い巨大な牛頭の魔物だ。

牛の頭には凶悪な二本のツノが生え、赤く光る狂暴な瞳には知性を感じられない。

頭は牛だが体は人間に似ている。鋼のような筋骨隆々《きんこつりゅうりゅう》の肉体。

たくましい腕には巨大な戦斧《せんぷ》を抱えている。

巨大な牛の怪物は雄叫《おたけ》びと共に戦斧《せんぷ》を振る。

それだけで二人の冒険者が放った攻撃はかき消されてしまった。

「そ、そんな……！」

魔法攻撃を弾き飛ばされた女冒険者たちは絶望に顔を歪める。

「ううう～、今ので少し回復できた魔力を使い果たしちゃいましたよぉ～……！」

「ここで終わりなの……⁉」

牛頭の怪物は荒い鼻息を吐きながら、二人の冒険者に近寄ると戦斧《せんぷ》を掲げる。

あんな武器で殴られたら、抵抗する術のない女性二人はあっという間にミンチにされて終わる。

「ライトニング・スピア‼」

シグルドは咄嗟《とっさ》に電撃の槍を魔法で作って放った。しかし怪物は戦斧《せんぷ》で軽々と弾いてしまう。

それでも注意は引けたようだ。巨大な怪物は女冒険者たちから視線を外し、シグルドに向かってくる。

巨腕が戦斧《せんぷ》を振りかぶる。しかしシグルドは力を込め、両手剣の腹で斧を受け止めた。

——ガキィイインッ‼

両者は鍔迫《つばぜ》り合いの状態になる。

だが、さすがに力比べでは分が悪いのか、徐々にシグルドが押されていった。

「こいつ、魔法攻撃が効かないのか……!?」

「それは違うよ、シグルド。解析によると、その魔物こそがこの遺跡の王【ミノタウロス】。別名アステリオスだ」

「アステリオス？」

【雷光】という意味だ。その名の通り、雷属性と聖属性に耐性を持つ魔物だ。キミたちは雷属性と聖属性で攻撃しただろう。耐性があるせいで弾かれてしまったんだ」

ユーリスはシン・ステータス解析装置でミノタウロスを解析する。

ミネア遺跡は古代遺跡だ。そこに出没する魔物の中には、現代では知られていないものもいる。だがシン・ステータス解析装置には、宮廷図書館が保管している過去の膨大なデータを学習させてある。

古代から現代の最新情報に至るまで、さまざまなデータが入っている。ほしい情報のキーワードを入力すると自動検索でほしい情報が手に入る。

「どうやらこのミノタウロスがミネア遺跡のボス、つまり今回の一連の騒動の原因だな」

「やはり、こいつが……!?」

「コイツの魔力に呼応して周囲の魔物が強化されているようだ。逆にミノタウロスを倒せば遺跡内はもちろん、森や鉱山に出る魔物も大人しくなる」

「そういうことですか……！」

しかし困ったことに、シグルドの攻撃には自然と聖属性が付与されてしまう。それ故、シグルドの攻撃は無効化されてしまう。

このままではシグルドがやられてしまう。そして副団長であるシグルドが倒れたら、彼を精神的支柱にしている王国騎士団は敗走することになるだろう。

絶体絶命のピンチだ。だがユーリスは冷静に采配を振るう。

「シグルド、そのままミノタウロスを引き付けておくんだ！　リゼット、今こそ例のアレを使う時だ！」

「はい、例のアレですね！」

リゼットは荷物からスリングショットと専用アタッチメントと、小さな瓶を取り出した。

素早く瓶の蓋を開け、鏃《やじり》に溶液を塗布する。

そして改良スリングショットに矢をつがえて、シグルドに気を取られているミノタウロスめがけて射出した。

パシュンッ——と乾いた音が空気を裂く。

リゼットの手から離れた矢は、ミノタウロスの赤い右目に命中した。

「ウガァァァァァァッ!!」

左目に毒の矢を受けたミノタウロスは絶叫する。その雄叫《おたけ》びには壮絶な苦悶《くもん》の色が混じっていた。

リゼットが放った鏃《やじり》には猛毒が塗ってある。先月ティムールの森で討伐したヒュドラの毒液。それを原材料にリゼットが調合した特製の猛毒だ。

ヒュドラの毒は強力無比。それを使ってスペシャリストであるリゼットが調合した結果、とんでもない劇薬が完成した。

それが無防備な目に刺さったのだ。いかに屈強なミノタウロスといえども悶絶《もんぜつ》せずにいられない。

「よし、いいぞリゼット！　流石《さすが》だ！」

「ユーリスさんのおかげで完成した新兵器ですよ！」

ユーリスが専用アタッチメントを作ってくれたから、鏃《やじり》に毒液を塗ってみようと思いついた。

ミノタウロスが動けなくなった隙に、ユーリスは新たな作戦を考案する。

「王国騎士の皆は隊伍《たいご》を組みミノタウロスを抑えてくれ！　シグルドはこっちへ来るんだ!!」

ユーリスは騎士団に指示を出す。

シグルド以外の騎士たちは、槍や盾を使ってミノタウロスの動きを封じ込めた。

その間にシグルドをリゼットのもとまで後退させる。

リゼットは荷物の中を探って小袋を取り出すと、中に入っていた飴玉を一粒シグルドに渡した。

「これは、一体何ですか？」

「【リバーシブル・ドロップ】と言って、私が調合した飴です」

「リバーシブル・ドロップ？　どんな効果があるんですか？」

「舐《な》めている間だけその人が持つ属性を反転させる効果があります。ミノタウロスは聖属性耐性があるせいで、攻撃が通じません。でもシグルドさんの属性を闇に反転させれば攻撃が通るはずです！」

「なるほど……それは確かに理に適《かな》っている！」

「私たちではミノタウロスを倒すことはできません。弱らせるのが精一杯です。シグルドさん、この飴を使ってミノタウロスを倒してください！」

「リゼットさん……！」

シグルドは感動しながら、リゼットの差し出した飴玉を口に含んだ。

――ドクン、と心臓が跳ねる。全身を流れる魔力が変質するのが伝わってきた。

たとえるならばそれは、赤く燃え盛る炎が青白い静かな炎に変わっていくようなイメージ。

本質は変わらずとも力の出力の方法が変わる。現れる力が変化する。

シグルドは自分の手の中にある両手剣を握り直す。

それまで白く輝いていた刃は、紫色に変色していった。

「ありがとうございます……これで戦えます！」

シグルドは力強く地面を蹴って、一気にミノタウロスとの距離を埋めた。

ミノタウロスは怒りの形相を浮かべて戦斧《せんぷ》を振り下ろす。

シグルドは戦斧《せんぷ》を掻いくぐり、その懐に飛び込む。

彼の両腕に紫色のエネルギーが渦《うず》を巻いて集まっていく。

そして猛毒に悶《もだ》え苦しむミノタウロスの胴体めがけて攻撃を繰り出した。

「――――行くぞ。闇属性付与、【黒炎斬】!!」

黒く輝く炎が両手剣に現れる。

シグルドは直感的に闇属性魔法の扱い方を理解し、即座に発動させた。

黒炎の魔法を纏った斬撃、黒炎斬。シグルドはその剣技で、ミノタウロスの体を横薙《よこな》ぎに一閃した。

ミノタウロスは悲鳴を上げ、鮮血を撒き散らす。

シグルドは油断せず、返す刃でもう一撃をお見舞いした。

頸動脈から胸まで深く切り裂かれる。傷口からは大量の血液が迸《ほとばし》った。

ザシュッ――ズシャアアアァァァァッ!!

「ギャアアアアアアアッ!!」

ミノタウロスはよろめきながら後ずさり、そして戦斧《せんぷ》を落として地面に倒れ伏した。

シグルドの口の中で飴玉が溶けきる。

彼の握る大剣の刃が白い光に戻るのと、ミノタウロスが絶命するのはほぼ同時だった。

「シグルドさん、すごい……！」

シグルドがミノタウロスを斬り伏せたのを見て、リゼットは思わず呟いた。

ミノタウロスは袈裟《けさ》懸《が》けに斬られて絶命している。

苦戦していたのは、単に属性の相性が悪かっただけだった。

属性の弱点さえ補うことができれば、シグルドは一瞬でミノタウロスを倒してしまった。

それほどの圧倒的な強さを持っている。

普段は残念なところもあるシグルドだが、彼はやはり文句なしの実力者だ。

「……皆喜べ！　ミノタウロスを倒したぞ！　この周辺を騒がせていた遺跡のボスを倒せたんだ！」

シグルドが振り返って叫ぶと、騎士たちは歓喜の声を上げた。

「俺たちの勝利だ!!」

「シグルド様がミノタウロスを倒したぞ！　やっぱり王国の至剣の名は伊達じゃないな！」

「おいおい、忘れていないか？　俺がミノタウロスを倒せたのはリゼットさんのリバーシブル・ドロップがあったおかげだぞ」

シグルドは肩を竦《すく》めてリゼットを見つめる。リゼットは慌てて両手を振って否定した。

「いっ、いえいえいえ！　私一人では状況を好転させることは不可能です！　最強のシグルドさんと騎士団の皆様の練度の高い連携と、ユーリスさんの分析のおかげです！　これは全員で掴んだ勝利なんですよ！」

褒められるのが苦手なリゼットは、必死になって周囲の功績を讃えた。

リゼットの飴が事態を好転させたきっかけなのは明らかだったので、謙遜《けんそん》したような態度は騎士団の面々に感動を与えた。

「リゼットさん……なんて謙虚でいい人なんだ……」

「ここまで他人の長所を見つけて褒めてくれる人は、滅多にいませんよ！」

「おまけに可愛いとか……完璧すぎますね！」

「お前たち……！　そうだ、その通りだ。さあ、もっと皆でリゼットさんに感謝の意を示すんだ！」

「ありがとうございました、リゼットさん!!」

「ひいぃ……っ！　あ、あの、そちらの冒険者の方々は大丈夫でしょうか!?　お怪我《けが》はありませんか⁉」

居たたまれなくなったリゼットは、ミノタウロスに襲われていた女性冒険者二人に駆け寄る。

そして顔が視認できる距離になると、お互いに固まった。

「め、メイラさんにジュエルさん⁉」

「リゼット……私たちを助けてくれたのは、貴女だったのね……」

「あははは～、これも何かの縁ってやつかしらぁ～？」

ミノタウロスに襲われていたのは、【鈍色の水晶】時代の仲間だったメイラと、リゼットのクビと同時にパーティーに加入したジュエルだった。

まさかこんな場所で、こんな形でメイラやジュエルと遭遇するとは夢にも思っていなかった。

思わぬ再会に三者三様の驚きを表す。

「お、お二人がどうしてこんな場所にいるんですか⁉」

「え……ええ、実は私たち、少し前に【鈍色の水晶】を脱退したのよ。それで王都では活動しにくくなったから、少し離れたミネア遺跡の依頼を受けていたんだけど……」

「魔力を使い果たして隠れていたところを、ミノタウロスに見つかって襲われちゃったんですぅ～。えへへ、助けてくれてありがとうございます～！」

「そうだったんですね……」

この二人まで【鈍色の水晶】を辞めていたなんて知らなかった。

だが、さらにリゼットが驚く事態に発展する。

なんとメイラが地面に膝をつき、頭を擦り付けて謝り始めたのだ。

「本当に、ありがとうリゼット。そしてごめんなさい！　貴女が【鈍色の水晶】を追放された時に何もできなくて……。リゼットがパーティーにいた頃でさえ、私は貴女に何もしてあげていなかった……！」

「え、え!?　ちょっ、メイラさん!?」

パーティーにいた頃のメイラは、いつも凛としていてクールな女性だった。

その彼女が大勢の騎士の前で、恥も外聞もなく地面に額を擦り付けて謝罪している。

これにはリゼットも面食らってしまった。

「貴女が不満を口にしないから、あの状況に不満はないものと思っていた……いいえ、そう思おうとしていたのよ。まともに考えたら、あんな環境に不満がないはずがないのに。私たちの怠慢《たいまん》だったわ」

「メイラさん……」

「結局私はリノが怖くて見て見ぬ振りをしていたのよ……今となっては、どれほどひどいことをしていたか分かるわ。ごめんなさいリゼット、私だってリノと同罪よ！」

「……やめてください、もういいんですよ」

リゼットはメイラの肩に手を添えて、顔を上げさせる。

「もう昔のことですし、私は気にしていません。それに今は新しい居場所で楽しく過ごしています」

「……そうね、貴女は王子様に才能を見出されて王国騎士団にスカウトされたと聞いているわ。あんなパーティーにいるより、騎士団にいるほうが遥かに幸せでしょうね」

「【鈍色の水晶】で経験を積んだおかげで、私は調合師として腕を磨けたんです。おかげで騎士団の皆さんにも出会えたと思っているんですよ」

「リゼット、貴女って子は……！」

メイラの目に涙が浮かぶ。リゼットの背後でもシグルドが男泣きしていた。

「ううっ……なんて素晴らしいんだ！　やはり聖女様、いや女神様のごとき神々しい優しさ！　尊き友情！　俺は、俺は感動しました……！」

「すみませんシグルドさん、今大事な話をしているので少し静かにしてください」

「あ、はい。すみません」

シグルドを黙らせると、リゼットはメイラの肩に置いた手を離した。

そしてハンカチを差し出すと、メイラは素直に受け取って涙を拭く。

「あたしも……ごめんなさい～。あのタイミングであたしが加入しなければ、リゼットちゃんがクビになることはなかったかもしれないのに～」

話を聞くと、あの後でジュエルがリノに殴られたのをきっかけに、二人は【鈍色の水晶】を辞めたそうだ。

メイラやジュエルが抜けた後は、魔術師やヒーラーを代わる代わる雇い入れているという。

「今の【鈍色の水晶】はひどいものだわ。リーダーのリノが調子に乗って、他のメンバーに無茶ばかり押しつけるようになったのよ。反論した仲間に暴力を振るうことも厭《いと》わなくなって……私たちは逃げだしたの」

「そうだったんですか……。お二人が無事に辞められてよかったです。それで、これからどうされる予定なんですか？」

「そうね、とりあえず王都以外で次の依頼でも探そうと思うんだけど……」

メイラがそう言いかけたところで、ユーリスが顔を覗かせた。

「キミ、リゼットとパーティーを組んでいたんだって？」

「はい」

「どれぐらいの期間パーティーを組んでいたんだい？」

「二年半です」

「二年半か。その間ずっとリゼットの作った薬を飲んでいたの？」

「はい。リゼットのマナポーションはすごいんですよ。一本飲むだけで魔力がフルチャージされる上に、疲労まで回復してしまうんです」

メイラはいかにリゼットの作る薬が優れているか語り始めた。

「市販品とは大違いです。正直なところ、リゼットが作る薬の効果を当たり前だと思っていました。そのせいで市販のポーションがあまりに効かなくて驚いたんです。もちろんリゼットを追い出した【鈍色の水晶】の自業自得ですが……」

自嘲するメイラ。ユーリスは顎《あご》に手を添えて、小さく頷いた。

「よし、分かった。メイラと言ったね。しばらく王国騎士団の薬学研究室でキミの体を検査させてくれないか？」

「検査、ですか？」

「僕もリゼットが作る薬の効果は素晴らしいと思っている。ただリゼットは師匠がいない特異な存在だから、リゼットの薬の効果を認めたくなくて難癖《なんくせ》をつけてくる人々がいるんだ」

「まあ、そうなのですか？」

「そこで長期にわたりリゼットの薬を飲み続けたキミを検査させてもらって、副作用がないと証明して発表したい。他にも新しい薬を試させてもらいたい。……要するに治験のようなことをやってほしいんだけど、どうかな？」

「えぇっ!? ちょ、ユーリスさん!?」

突然の提案にリゼットは慌てふためくが、ユーリスもメイラも落ち着き払っていた。

「つまり薬の実験体になれ、という話ですね……それは願ってもないことです。私の体がリゼットの役に立つのなら、ぜひお願いします！」

「め、メイラさんまで……！　簡単に答えていいんですか？」

メイラはリゼットを見つめて、深く頷いた。

「ええ構わないわ、リゼット。私は貴女に償いたいと思っていたの。この体が役に立つのなら、喜んで差し出すわ」

「メイラさん……」

「良かった。じゃあ早速いこう。シグルド、聞いた通りだ。彼女たちを連れていくぞ」

「はっ、承知しました！」

シグルドは敬礼する。

メイラがこう言ってくれている以上、拒絶するのも悪い気がする。

リゼットも彼女の厚意を受け入れることにした。

メイラはリゼットが【鈍色の水晶】を追放された時に庇おうとしてくれた。

ジュエルに至っては入れ替わりで雇われただけで、彼女個人に恨みはない。

――せっかく助けた二人が路頭に迷わずに済んで良かった。

リゼット自身、ユーリスやシグルドに出会う前は野垂れ死にを覚悟した記憶も新しい。居場所をなくした二人を他人とは思えなかった。

「それじゃあリゼット、帰ろうか。遺跡ボスのミノタウロスを倒した以上、もうここに用はない。地上の集落に戻って調査結果をまとめよう」

「はい。それでは亜空の絵の具を使いますね」

リゼットは亜空の絵の具の入った壺と筆を取り出し、近くの壁に扉を描く。

描いた扉が光り輝き、地上にある遺跡の入り口の景色が扉の向こうに広がった。

「さあ皆さん、これで外に出られますよ」

「本当に瞬間移動できるなんて……！」

「これさえあればどんな迷宮ダンジョンも怖くないな！」

騎士たちは口々にリゼットの功績を称えながら扉の中に飛び込んでいく。

メイラやジュエルも後に続いた。

ユーリスとリゼットも続き、シグルドが殿《しんがり》となって扉をくぐる。

全員が脱出したのを確認して、リゼットは中和剤で扉を消した。

中和剤は使った対象の効果を打ち消すことができる。リゼットは液体タイプの中和剤を小瓶に入れて持ち歩いている。

このままにしておいて、万が一魔物が外に出てきたら大変だ。中和剤をかけて擦ると扉は消えた。

こうしてリゼットたちはミネア遺跡の異変を解決したのだった。

# 第四章　王都での日々

「――以上が今回の調査報告になります」

クラネス王国の王都にある、王国騎士団の兵舎。

ミネア遺跡から帰還したシグルドは、団長室で報告書を提出していた。

今回遺跡で出会ったミノタウロスについて。そして保護した冒険者たちや、その後の集落の様子について。詳細に調べたことを書き綴《つづ》った資料を読み上げる。

騎士団長は満足そうに報告を聞き届けた。

「ふむ、シグルドよ。任務ご苦労だった」

「はっ！」

「それにしても、リゼットは大活躍だったようだな。ヒュドラの毒液にリバーシブル・ドロップ、それに亜空の絵の具か。薬品作りの腕前も優れているが、その発想力も素晴らしいな。どれも我々が考えつかなかった代物ばかりだ」

「ええ、そうですね。特に亜空の絵の具は画期的です。あれさえあれば、どんな迷宮でも安全に調査ができます」

「彼女の発明した薬がなければ、ミノタウロスを犠牲なしで倒すのは難しかっただろう。やはりリゼットは優秀だな。彼女の才能を見出したユーリス殿下の慧眼《けいがん》には恐れ入るばかりだ」

「はい、本当に！」

リゼットを王国騎士団にスカウトしたいと言い出したのはユーリスだ。

彼は短時間の付き合いでリゼットの才能を見出すと、騎士団にスカウトするべく国王や騎士団長に働きかけた。

現在、ユーリスの慧眼《けいがん》とリゼットの才能は次々と証明され続けている。

ミネア遺跡で保護した冒険者、メイラの検査もすぐに開始し、着々と進んでいた。

その結果、リゼットの薬には強い副作用や依存性はなく、デメリットなしであれほどの効果を生み出していると証明されつつあった。これには、騎士団本部の薬学研究室に在籍する研究者たちも驚きを隠せない様子だ。

「この調子で薬の無害性が証明されれば、騎士団全体に本格的な配備が進む。リゼットの薬があれば騎士の負傷率や死亡率が低下するだけでなく、戦術の幅も広がる。王国騎士団としては全力で支援したいところだな」

「はっ！　同感であります！」

シグルドは、まるで自分が褒められるように嬉しかった。

彼が尊敬してやまない騎士団長は、リゼットの功績をきちんと評価してくれる人物なのだ。

そして、この調子ならきっと自分とリゼットの仲も祝福してくれるだろうと思った。

リゼットが騎士団本部に来て、もうすぐ二ヶ月が経とうとしている。

近くで過ごす時間が増えれば増えるほど、シグルドはリゼットに惹かれていった。

リゼットは優秀なだけではなく、優しくて聡明で可愛いらしく、おまけに勇気だけでなく高潔な精神も持ち合わせている。

シグルドにとって、まさに理想の女性だった。

彼の脳内では、もうリゼットと結婚する予定になっている。

初デートにプロポーズ、家族との顔合わせまで、シミュレーションという名の妄想は進行している。

……現実では、まだ告白すらしていない状況なのだが。

「リゼットのおかげで我々の未来は明るいな。シグルド、お前も引き続き任務に励んでくれ」

「はっ‼」

団長の言葉にシグルドは敬礼し、団長室を後にする。

そして上機嫌でリゼットのいる薬品工房へ向かった。

「リゼットさぁーーーーーん！　聞いてください、騎士団長がリゼットさんを褒めていましたよ！　リゼットさんのおかげで我が国の未来は明るい、リゼットさんは我が国の宝だ、リゼットさんは女神様のようだと認めてくれました！　さすが騎士団長は話の分かるお方ですね！　リゼットさんはクラネス王国の宝です、国宝です！　俺は今日この日、リゼットさんに【究極の薬姫】という称号を授けたいのですがよろしいでしょうか？　ああ、国宝といえば俺も世間では王国の至剣と呼ばれていいます‼　王国の至剣と究極の薬姫、まさにお似合いの二人だと思いませんか⁉」

「ひぃいいぃぃいぃぃぃいぃいいいいいっ!?」

リゼットは、一人静かに調合していたところだった。

そこへ突如押しかけてきて、一方的に称賛を捲し立てるシグルドに心底震えあがって絶叫した。

シグルドはそんなリゼットの反応など気にも留めず、ひたすらリゼットを褒め称える。

彼は懲《こ》りない男なのだ。というよりも、リゼットを思うと迸《ほとばし》る熱いパッションが抑えきれず、彼女の素晴らしさを礼賛せずにはいられない。

「ああ、リゼットさんはなんて素敵な人なんだ……！　こんなに美しくて可憐で聡明で優しくて勇敢で高潔な女性が他にいますか？　いいえ、いません!!　リゼットさんの気高い美しさは地上を照らす太陽のごとく輝いている！　俺は貴女に出会って初めて恋を知った気がします……！　俺はやっと分かったんです。誰かを愛することの意味が！　それがどんなに尊いものなのか……リゼットさん、愛しています！　どうか俺と結婚してください！」

「……」

「あれ、リゼットさん？　リゼットさーーーーんっ!?」

リゼットは立ったまま気絶していた。

シグルドの情熱的な愛の囁《ささや》きは、リゼットにとっては拷問に近いものなのだ。

おかげでシグルドの言っているセリフの三分の一も聞こえていなかった。

薄れゆく意識の中で、リゼットは思った。

（今度ユーリスさんに頼んで、薬品工房の入り口に鍵をつけてもらおう）

――と。


「はい、鍵をつけたよ。魔力認証の鍵だからキミ以外の人は開けられない。もう安心だね」

「あ、ありがとうございます……これで安心して引きこもれます……！」

シグルドの暴走が収まり、どうにかこうにか落ち着きを取り戻した後。

リゼットはユーリスに頼んで、薬品工房のドアに鍵を設置してもらった。

これでシグルドが無理矢理入ってくることはない。二度とない。リゼットはほっと胸を撫で下ろす。

別にシグルドが嫌いな訳ではないが、あのテンションは辛いものがある。

「火事や地震、事故等を検知した際には、自動的に解除される仕組みになっているよ」

「重ね重ね、ありがとうございます」

ユーリスがつけてくれた鍵は、彼が作った魔道具だ。

リゼットの魔力を認証して開閉する仕様になっている。

いくらシグルドといえども、簡単には入って来られないだろう。

「この鍵はもう市場にも出回っているんですか？」

「いいや、まだだよ。僕の部屋では試作品を使っているけど。実証実験は終わったから、特許を取得して商品化を目指しているところさ」

「そうなんですね。ユーリスさんはしっかりしているなあ……私より年下なのにご立派ですよね。

さすが王子様です」

「年下っていうけど一歳しか変わらないだろ？　キミって確か十六歳だよね」

「はい。ユーリスさんは十五歳ですよね」

「キミのほうが年上だなんて、なんだか変な感じがするよね」

「そうですね、私なんて全然頼りないクソ雑魚《ざこ》ですからね。無駄に年齢を重ねてるだけって感じです。むしろ年齢以外に他人に誇れるところなんてない的な？　年齢に見合った落ち着きもないし、一つも褒めるところがない的な？　まあこの年まで死なずに生きて来られたことは、わずかに誇れるかもしれませんけど。それだけを心の支えに毎日頑張って生きています」

「……キミって自虐する時は妙にイキイキするよね。つくづくシグルドとは正反対だ」

ユーリスは呆れたようにため息をついた。

「私は生まれてこの方ずっと底辺を這《は》いずり回って生きてきた人間ですもの。簡単には自己肯定できないっていうか。もう根っこまで腐《くさ》っていると言いますか。いっそのこと腐《くさ》ったオレンジみたいにぐっちゃりと潰れてしまったほうがいいんじゃないかなと思う時もあります」

「え……そこまで……？」

ユーリスの表情が曇《くも》る。だがリゼットは止まらない。

「シグルドさんみたいな自己肯定感が強すぎる人は、眩《まぶ》しくて直視できないんですよ。私って褒められるより貶《けな》されるほうが気楽なんです。私のことは空気だと思ってください。道端の石だとでも思ってください。はい、どうぞ」

「いや、どうぞと言われても……はあ、思った以上に深刻だな」

ユーリスは両手を広げて苦笑し、リゼットが用意したお茶を飲んだ。

「ところでシグルドのことだけど、あまり悪く思わないでやってほしい。あいつは悪い人間じゃないんだ。むしろ真っ直ぐで一途で真面目すぎるぐらいだ」

「もちろんです。シグルドさんはとても誠実で、騎士として素晴らしい志《こころざし》をお持ちだと感じます。立派すぎるといいますか、圧倒的光属性ですよね。何をどうしたらあんな人に育つのでしょうか？」

シグルドは今までリゼットの周りにいなかったタイプだ。

常に自信に満ち溢れた彼の言動はあまりにも眩《まぶ》しすぎて、たまに直視すらできなくなる。

さながら太陽を直視できないのと同じような感覚。

生き物にとって太陽の光が必要なのはよく分かる。

しかし太陽光を浴びすぎるのも体に悪い。暑くて眩《まぶ》しくて死んでしまう。日射病になってしまう。

「シグルドはクラネス王国で代々続く騎士の名門、ジークムント家の嫡男なんだ。剣聖の家柄だとも言われているね。歴代の当主は騎士団長や王家の剣術指南役を務め、国の英雄や名将を何人も輩出してきた」

「確かに、いかにも名家の嫡男らしい雰囲気ですね」

「シグルドも例に漏れず優秀な男でね。生まれた日には八十年周期で観測される【女神の流星群】が空に輝き、王宮の庭園にある薔薇《ばら》の花のつぼみが一斉にほころび、生まれ落ちた直後に『高貴さは義務を強制する《ノブレス・オブリージュ》』と口にして、生後半年の時には立ち上がって自由に走り回り、一歳で複数言語を習得して大人ともコミュニケーションが取れるようになり、二歳の時には玩具《おもちゃ》として与えられた木剣《ぼっけん》で大人を打ち負かし、三歳の時に初めて魔物を捻り潰し、四歳で戯曲を丸暗記して王都の歌劇場の舞台で主演を務め、五歳の時には騎士見習いとなって最年少で王国騎士団に入団した。六歳でダンジョンでボス級の魔物を討伐し、七歳で王都総合武術トーナメント少年の部で最年少優勝を果たし、翌年八歳の時には特別枠として大人の部にも参加してここでも優勝。それ以来、殿堂入りという名の出場禁止となった。九歳の時には王国に巣食うドラゴンを退治して、十歳の時には複数の国家を跨《また》いで活動する巨大盗賊団の組織を壊滅させた。その後も数々の武勇伝を残し、今では王国の至剣とで呼ばれているよ」

「…………はい？」

リゼットは耳を疑った。

なんだか今、サラッととんでもないことを言われたような気がする。実は【王国の至剣】という呼称だけはシグルドから聞かされていたのだが、意識が飛んでいたのですっかり忘れていた。

「そんなシグルドは神に愛された神童とか、天使が遣わした奇跡だとか、実は女神様の御子じゃないかという噂《うわさ》があるぐらいなんだけどね。もっとも本人はいたって真面目な性格で、努力家で、いついかなる時も全力であれという信条を抱いている。まあそういう生い立ちだから、注目と称賛を浴びるのが当たり前だと思っているんだ。自分がされて嬉しいことをキミにしているに過ぎない。悪く思わないでやってくれ」

「あ、あの……？　ちょ、ちょっと待ってください。今のってシグルドさんの話ですよね？　英雄譚の登場人物のお話じゃありませんよね⁉」

「ああ、シグルドの話だよ」

ユーリスの反応を見る限り、嘘をついている様子はない。

「ちなみに僕が知っているのはここまで。シグルドが語っていない部分もあるかもしれないけど」

リゼットは開いた口が塞《ふさ》がらなかった。

一体どういう星の下に生まれたら、そんな超人じみた伝説が生まれるのか。もはや理解が追いつかない。

「……シグルドさんって、本当に人間なんですか……？」

「ああ、普通の人間だ。両親も存命だし、生物分類上は僕たちと変わらない普通の人間だよ。たまにちょっとズレてるところもあるけれど」

「そ、そうですか」

「ただシグルドは今言ったように規格外すぎる男なんだ。今まで周りにいる人々を庇護対象とは思えても、対等に感情を向ける相手はいなかったみたいだ。ほら、よく言うじゃないか。争いは同じ次元の相手との間にしか起こらないって。恋愛も同じさ」

「はあ……」

「キミも常識では考えられない腕を持っている。それだけの腕を持ちながら、驕《おご》り高ぶることなく謙虚に生きている。……謙虚すぎるとは思うけど。きっとシグルドにとって、リゼットは生まれて初めて出会えた同類なんじゃないかな。それであんなに必死になっているんだろうね」

「そ、それはどうでしょう……？」

リゼットとしては、まったくピンとこない話だった。

そもそもリゼットは、自分が特別な存在だとは思っていない。

どこにでもいるごく普通の、否、普通以下の人間だと思っている。

それも最底辺。シグルドがド頂点なら、自分はド底辺だ。

「……はっ！　ド頂点とド底辺、対極だけど外れ値同士、同類だと思われているってことですか⁉」

ユーリスは否定も肯定もしない代わりに苦笑いを浮かべた。

「……まあ、いいんじゃないかな。キミはそれでいいと思うよ」

「え？」

「ところでリゼット、キミに聞きたいことがあるんだけど」

「はい、なんでしょうか？」

ユーリスは一転して真面目な顔になる。リゼットも背筋を伸ばした。

「キミがこれまで作ってきたオリジナルの薬。あの薬品類のレシピを公開するつもりはないかい？」

「ええっ？　光栄ですけど、どうして急にそんな話を……？」

「キミが作った薬はどれも素晴らしいものだ。メイラのおかげで副作用もないと証明されている。キミの薬は多くの人を助け、命を救う。だが今のところ、その薬を作れるのはキミ一人だけだ。薬が広く使われるようになったら、いずれ生産が追い付かなくなる。だけどレシピが公開されていれば、他の人も作れるようになるだろ？」

「確かに。でも……」

それだと自分が大損する破目《はめ》にならないだろうか。

ユーリスは、そんなリゼットの不安を見越していたように微笑んだ。

「クラネス王国には特許制度がある。知っているかい？」

「はい。魔道具開発の時に申請できる制度ですよね」

「これは薬品にも適用される制度なんだ。特許権が認められると、他人が利用する場合には使用料が必要になる。つまり特許を持っている人にお金が支払われる仕組みだ。発明者の利益を守りつつ、新たな発明の足がかりにもなる」

「なるほど……」

「基本的に特許は早い者勝ちだ。革新的な発明をした時には、早めに特許申請を行うんだ。僕も新しい魔道具を開発した時にはすぐに特許を申請している」

「はい」

「リゼットが特許登録すれば、キミのレシピを誰かが使う度に使用料を得られるようになる。そして誰でも手軽に効果の高いポーションを買えるようになる」

それは確かに素敵なアイディアだ。

自分の薬が大勢の人の役に立つのは喜ばしい。

だが一人では一度に作れる量が限られるので効率が悪く、市場に出回る数は少ない。

特許を取得した上で大量生産に切り替えていくのなら、リゼット自身の利益にもなるし、大勢の人の利益にも繋がる。

どちらにとっても得になる話だ。

「どうだい、キミにとっても悪くない話だと思ったのだけれど」

「はい、ぜひお願いします。少し不安ですけど……でも嬉しいです。ありがとうございます、ユーリスさん！」

「それは良かった。じゃあ早速手続きをしよう」

「はい、よろしくお願いします！」

こうしてリゼットは、生まれて初めての特許を申請することになった。

書類の書き方や手続きの方法は、これまで何度も特許申請を行った経験があるユーリスが教えてくれた。

おかげでリゼットも初めてでもスムーズに手続きを済ませられた。

彼はすでに何件も魔道具で特許申請を提出して、いくつかは承認されている。

ユーリスに教えてもらえば安心して手続きを進められる。

クラネス王国では特許の審査請求から権利化までの期間は、平均すると半年〜一年ほどかかる。

「審査が終わるまでの間は今まで通りに過ごそう。ああそうだ、これは今月分の納品報酬《のうひんほうしゅう》とミネア遺跡に同行してくれた報酬《ほうしゅう》、それと遺跡内で使った薬品の料金だよ」

「こんなにたくさん……!?　あ、ありがとうございます！」

「ボーナスも足してあるよ」

ユーリスに促されて騎士たちが持ってきたのは、両手で抱えきれないほどの大量の金貨が入った袋だった。

一袋十万ベルとして、ざっと見て十袋以上ある。つまり百万ベルは余裕にある。

少し前まで一ヶ月四万ベルの家賃が払えなくて、三食薬草スープ生活をしていたのが嘘みたいだ。

「本当にこれを全部いただいてよろしいのですか⁉」

「うん。キミの作った薬品には間違いなく価値がある。価値あるものには相応の報酬《ほうしゅう》を。でなければ才能を活かせず潰してしまう。技術は国の宝だ。だから僕も魔道具の研究開発を志《こころざ》したんだ」

「ユーリスさん……」

「魔道具と調合、分野は違うけど僕はキミを同志だと思っているよ。そうだ、特許申請を済ませて仕事が落ち着いたら共同研究もやっていきたいね。キミの炎のフラスコや雷のフラスコを魔導武器に転用すれば、より魔物討伐が容易になるはずだ」

「は、はい。こちらこそ、ぜひともよろしくお願いします！」

「ああ、楽しみにしているよ」

リゼットはユーリスに深々と頭を下げた。

ユーリスとは落ち着いて話ができる。ユーリスには褒められてもあまり拒絶反応が起きない。

それがなぜなのかずっと不思議だったが、今日で少し分かったような気がする。

彼はリゼットを同志と呼んだ。魔道具と調合で分野は違えども、二人の間には共通する研究者の心がある。

ユーリスはあくまで研究者として、リゼットの知識や手腕を褒めてくれる。

変に持ち上げるのではなく、研究者の立場で冷静に分析し、リゼットの成果物をより広範の利益に活かせるように考えて発言してくれる。

ビジネスパートナーのような立場で、お互いの利益を第一とした話し方をしているのだ。だから素直に受け入れられる。

リゼットはユーリスとならば、これからも一緒に仕事をしたいと思った。そして、その日を目指して今日も仕事を頑張ろうと決意した。

◇◆◇

ある日の夜、王都キーラの城下町にある冒険者ギルドにて。

一人の冒険者が叫びながらテーブルを叩き、去っていく。

「こんなパーティーやってられるか!!」

ギルドに集《つど》う冒険者たちや、ギルド酒場のスタッフたちは、またかと横目で流し見する。

騒ぎがあったテーブルには、冒険者パーティー【鈍色の水晶】の面々がいた。

リーダーであるソードマスターのリノ。グラップラーのアクセル。マジックナイトのダリオ。

彼らは冒険者レベル五十超えの冒険者たちだ。少し前まで【鈍色の水晶】はSランクパーティーに認定されていた。

だが最近は――

「あぁん!? 何ジロジロ見てやがんだ!? 見世物じゃねえぞ!!」

「ひっ！」

近くのテーブルにいた冒険者と目が合い、リノが自分たちのテーブルを蹴飛ばした。

テーブルの上にあった酒とつまみが床に落ちる。冒険者は頭に酒を浴びて震えあがった。

さらに続けてリノは冒険者に掴みかかろうとするが、仲間のアクセルがリノの腕を掴んだ。

「リノ、テメェこそ何しやがる!! 俺ぁまだ食ってる最中だっただろうが!!」

「あぁ？ 知るか！ チンタラ食ってるテメェが悪いんだよ!! そもそもテメェ、最近動きが鈍いじゃねえか!? テメェのせいで今日も魔物を逃がしたんだぞ！ 分かってんのか、このノロマ野郎!!」

「おいおい、自分を棚に上げてよく言えたもんだなぁ!? 愚鈍なのはテメェだろうが！ いい加減自分の立場を理解しろや!!」

「んだと、ゴラァッ!!」

「やんのかオラァッ!!」

二人が取っ組み合いの喧嘩《けんか》を始めると、マジックナイトのダリオが止めに入る。

「やめろよ、二人とも。ここで暴れたらギルドに迷惑がかかるじゃないか……」

「上等だゴラァッ!!」

「迷惑がナンボのもんじゃい‼」

「近頃俺たち【鈍色の水晶】がギルドの鼻つまみ者になってるのは知ってるだろ⁉　これ以上迷惑をかけたら、いよいよ冒険者登録を抹消されかねないぞ‼」

「……チィッ！」

「ぐぬぅっ……！」

「ほら、いこう。こんなところで問題を起こしている場合じゃない」

ダリオに諭され、二人は渋々従った。三人は冒険者ギルドを後にする。

扉を閉める直前、ギルド酒場では安堵の声に混じって【鈍色の水晶】を罵倒する声が聞こえてきた。

「ったく、ろくでもない連中だな」

「少し前までSランクパーティーって持て囃《はや》されていたのになあ」

「近頃じゃ魔物討伐依頼で失敗続きだし、補充メンバーを次々とパワハラで辞めさせる始末。おまけにしょっちゅうギルド内で騒ぎを起こしやがる」

「おかげでパーティーランクは今やBランクまで降格。悪名も広がって、もう誰も組みたがらねえ」

「さっき逃げた奴が最後の砦《とりで》だったんだろ？　あいつでダメだったんなら、【鈍色の水晶】の補充メンバーになってもいいなんて奴はもう王都にはいないだろうよ」

「ああ、間違いないな。噂《うわさ》じゃ他の都市にも悪名が広まってるらしいぜ」

「ざまあみろって感じだよな」

「だな」

冒険者たちの会話を聞いて、リノは拳を強く握り締めた。可能なら今すぐ酒場に戻って全員を殴りつけてやりたい。

だがそんなことをすれば、ダリオの言うようにいよいよ冒険者資格を剥奪されかねない。

なぜこんなことになったのか。自分はレベル五十のSランク冒険者で、ジョブは上級職のソードマスター。アクセルやダリオも上級職で冒険者レベルも高い。

少し前には【鈍色の水晶】は、念願だったSランクパーティーに昇格した。

報酬額《ほうしゅうがく》も跳ね上がり、街を歩けば尊敬の視線を注がれ、放っておいても女たちのほうから寄ってきた。

それが今ではどうだ。短期間のうちにBランクパーティーまで陥落し、魔物討伐は失敗続きでギルド内の地位が下がっている。

今まで尻尾を振ってきた繁華街の女たちは波が引くようにいなくなり、悪名が広がりすぎたせいで街を歩くだけで視線を逸らされる。

「クソが……！　なんでこうなったんだ……!!」

リノはあまりの悔しさに奥歯を噛みしめた。彼も一応、Sランクまで上り詰めた冒険者。多少の物事を考える頭はある。

原因は薄々分かっていた。だがそれを認めるのは、彼自身のプライドが許さなかった。

王都キーラの裏通りを、【鈍色の水晶】の三人は歩く。

マジックナイトのダリオはチラチラとリノの様子を窺《うかが》っていた。そして思い切ったように口を開く。

「……前にメイラも言っていたけど、やっぱりリゼットをクビにしたのが凋落《ちょうらく》のきっかけだったんじゃないかな」

「あぁ？」

「だって、リゼットがいた時はもっとうまくいっていただろ？」

「……テメェ、何が言いたいんだ？」

「リゼットを追い出したのは失敗だったと反省して、もう一度仲間に迎え入れようよ。リゼットなら、こっちが頭を下げたらきっと許してくれる——」

「うるせえっ!!」

リノの恫喝《どうかつ》に、ダリオは怯《おび》えたように肩を跳ねさせる。

「あいつはレベル三のFランク冒険者で、下級職調合師だった女だぞ!?　あいつが俺らの足を引っ張っていたのは明白だっただろ!!　あいつがパーティーにいるせいで【鈍色の水晶】はSランクパーティーになれなかったんだぞ!!」

「で、でもAランクパーティーだったじゃないか！　今よりランクは上だったよな？」

「……っ!!」

「今にして思うんだ、リゼットは俺たちパーティーの要《かなめ》だった。リゼットが支援してくれたから俺たちの連携はうまくいっていたし、負傷や疲労を気にしないで冒険できていた。メイラの言う通りだったんだよ！」

「……黙れ……」

「確かにリゼットの冒険者レベルは低かった。でもそれは俺たちの支援ばかりしていたせいだ。リゼット自身が魔物を倒して経験値を手に入れる機会がなかったんだ。【鈍色の水晶】がランクアップを狙うのなら、彼女を追放して他の冒険者を迎えるのではなく、リゼットをサポートしてレベルアップさせるのが正解だったんだ！」

「うるさい……」

「でも俺たちはそうしなかった。【鈍色の水晶】はリゼットを追放した。その結果、【鈍色の水晶】は冒険者としての資質を疑われ、評判を落とし、ついにはBランクまで落ちてしまったんじゃないか！」

「うるせぇっつってんだろうが!!」

リノはダリオの頬を拳で殴りつけ、ふらついた彼の襟首《えりくび》を掴んで近くの壁に押し付けた。ダリオは悲鳴をあげる。

「テメェは俺に説教したいだけなんだろ、ダリオ!! 俺はな、テメェみたいに正論ばっかり並べて満足する奴が一番嫌いなんだ!!」

「う……うぅっ、リゼットに、リゼットに謝ろう……！ 俺たちが困っていることを正直に伝えて、土下座して謝れば戻って来てくれるかもしれないぞ……!?」

「ふざけんな!!　あんな役立たずの女に頭を下げるぐらいなら死んだほうがマシだ!!　あいつは無能だった、俺の夢を邪魔した!!　足を引っ張った!!　だから追い出した!!　俺の判断は間違ってねえ!!　【鈍色の水晶】が凋落《ちょうらく》したのはテメェらが不甲斐ないせいだ!!　あの女がいなくなったせいじゃねえ!!　だいたいテメェは何様のつもりだ!?　テメェだってリゼットにひどいことを言って追い出したじゃねえか!!」

「うっ、あれ、は、その……っ！」

ダリオは言葉を詰まらせる。

確かにリゼットがクビにされた時、ダリオはリノたちと一緒になって彼女を罵倒した。曲がりなりにも庇おうとしたアークウィザードのメイラとは違う。その事実は覆《くつがえ》せない。

ダリオは言い訳を口にせず、俯いて押し黙ってしまう。その態度が余計リノの怒りに油を注いだようだった。

「テメェも結局は自分が一番可愛いだけのクズ野郎じゃねえか!!　この卑怯者が!!　二度とくだらねえことを言うんじゃねえぞ!!　分かったな!?」

「……ぐぅっ」

「チッ、根性なしが!!」

リノは乱暴に手を離す。ダリオは壁に背中を打ち付け、地面にうずくまった。

痛む身体を引きずるようにして、なんとか立ち上がる。だがそれ以上は動けなかった。

「ハッ、いいザマだな！　俺様に逆らうからこうなるんだぜ！　おい行くぞ、アクセル！」

ダリオは自分の無力さを呪い、苦笑を漏らした後に唇を噛んだ。

「リゼット、メイラ、ジュエル……そして次は俺がターゲットって訳か。はは……」

その後ろ姿を見つめながら、ダリオは拳を握りしめた。

そして背を向け、肩を怒らせながらアクセルと共に立ち去っていった。

リノはうずくまったままのダリオの腹に蹴りを入れる。

「おうよ、リノ」

◇◆◇

その日、リゼットは正午過ぎに休憩時間を使って騎士団本部の敷地内を散歩していた。

すると、騎士団兵舎の玄関からジュエルが入ってくるのが見えた。

「あ、リゼットちゃんじゃないですかぁ～。こんにちは～！」

「ジュエルさん、こんにちは。メイラさんに会いに来たんですか？」

「そんなところです～。あっ、メイラちゃ～ん！　こっちこっち～！」

ジュエルが手を振る先の廊下《ろうか》には、検査着姿のメイラがいた。

メイラはジュエルに手を振り返し、側に佇《たたず》むリゼットを見ると気まずそうに頭を下げる。

「こんにちは、メイラさん。本日もご苦労様です」

「ええ、リゼットもお疲れ様。ジュエルも会いに来てくれたのね」

「そうですよ～。王都で人気のお店のお菓子を買ってきました～。そうだ、三人でお茶会しませんかあ～？」

「お茶会？　でもリゼットに迷惑じゃ……」

「いいですね。なら私がブレンドしたお茶を用意しますよ」

「あはっ、ラッキー！」

「場所は……中庭にある東屋《あずまや》をお借りしましょうか。あそこは自由に使っていいはずです」

前に騎士団兵舎の敷地内を散策している時に見つけたポイントだ。

リゼットはメイラが着替えるのを待って、二人を東屋《あずまや》に案内してから一旦薬品工房に戻る。

「どのお茶にしようかな……」

考えた末に、アップルとシナモンで香りづけされたフレーバーティーを選んだ。

お湯を沸かしてティーポットに適量の茶葉を入れ、熱湯を注いでじっくり蒸らす。

甘味料である蜂蜜《はちみつ》も忘れずに用意して、東屋《あずまや》に向かう。

十分も経つ頃には、中庭の東屋《あずまや》ではちょっとしたティータイムが催されていた。

「ん～っ、いい香りですぅ～！　これってリゼットちゃんがブレンドしたお茶なんでしょう～？」

「はい、そうですよ」

「あはっ、じゃあおいしいだけじゃなくって美肌効果とかも期待できるかも～！　ねっ、メイラちゃん？」

「えっ？　そ、そうね……」

リゼットは二人の間に座っている。

テーブルの上を見る。そこにはさまざまなパンや焼き菓子が置かれていた。

焼き菓子の箱には、王都で人気のパンとお菓子のお店『Rabbit & Crescent Moon』のロゴとウサギのイラストが載っている。

隣国の元宮廷料理人が引退して、クラネス王国で開いたお店だ。連日大人気で行列に並ばなければ買えない上に、値段も相応にお高いと評判だ。

クッキーにマカロンにカヌレ。どれもおいしそうだ。

「どんどん召し上がってくださ〜い。ほら、リゼットちゃん、あーん♪」

「い、いえ、自分で食べられますよ」

「いいからいいから。遠慮しないの。あたしリゼットちゃんと仲良くしたかったんですよね〜。はい、あーん」

「はあ……。では、いただきます」

ジュエルの勢いに押され、リゼットはクッキーを口に入れた。

サクッとした食感の後、バターの風味と甘い味わいが口に広がってゆく。

「これ、すごくおいしいです！」

「でしょでしょ？　気に入ってくれて良かった〜、あたしのお気に入りなんだ〜！」

ジュエルは朗らかに笑う。ジュエルとはほぼ入れ替わりで【鈍色の水晶】をクビになったので、どんな人かは知らなかったが、どうやら人懐っこくて明るい人みたいだ。

そんなジュエルの隣で、メイラは静かにお茶を飲んでいる。リゼットと目が合うと気まずそうに頭を下げた。

……とても気まずい。

「あの、メイラさん。何か困っていることはありませんか？」

「えっ？　いえ、特にないわ。研究所の人たちにはよくしていただいているもの」

「そうですか、なら良かったです」

「ええ、ご心配ありがとう」

お互いに気を遣いすぎて、まったく会話が弾まない。

「あ、あの、お体の調子はどうですか？　どこか具合が悪くなっていませんか？」

「えっ⁉　ええ、まったく問題ないわ。むしろリゼットの薬を飲むと調子がいいの。やっぱり貴女の調合の腕前は確かだわ」

「そ、そうですか……良かった」

「そうよ、ありがとう」

「……」

「……」

【鈍色の水晶】にいた頃は、もっと気軽に話せていたのに。

二人はテーブルを挟んで向かい合った状態で俯いてしまった。

そんな気まずい沈黙を破ったのはジュエルだった。

「あーもう、メイラちゃんってばいつまで気を遣ってるのよ～！　そんなんじゃ余計にリゼットちゃんを疲れさせるだけだってば！」

「ジュエル、でも……」

「そりゃリゼットちゃんに負い目があるのは分かるよ？　でもさ、リゼットちゃんはもういいって言ってくれてるの。それなのに気にしすぎるのは、相手に気を遣わせるだけで良くないと思うな～」

「う……」

「そ、そうですよメイラさん！　私はもう本当に何も気にしていないんです。それどころかメイラさんが検査に協力してくれたおかげで、私の作る薬の無害性が証明されているんです。私としては感謝したいぐらいですよ」

「リゼット……」

「そうよ～メイラちゃん。リゼットちゃんもこう言ってるんだし、いつまでも気にしてちゃダメだよ。ね？」

「……分かったわ」

メイラはこくりと小さく首肯《しゅこう》した。そして表情を緩めると、リゼットに微笑みかける。

「リゼットが元気に過ごしてくれているようで嬉しいわ」

「はい、おかげさまで。メイラさんもお元気になられたようで安心しました」

「リゼットのおかげよ。貴女やユーリス殿下が研究所に招いてくれなければ、私もジュエルも今頃僻地《へきち》で路頭に迷っていたかもしれないわ」

「そうそう！　リゼットちゃんがいたおかげであたしたちは王都に戻ってこられたし、危険な依頼を受けなくても治験で報酬《ほうしゅう》をもらえるってワケ〜。もうマジ感謝してるんだ〜！」

最初は長年リゼットの薬を服用したメイラの状態を観察するだけの予定だった。

しかし今では、メイラは積極的に新薬の治験も受けている。

おかげでリゼットの作る薬の効果は日を追うごとに実証されていた。

「けれどいつまでも治験生活を続けられないわ。一段落したら冒険者に戻ろうと考えているのよ。ね、ジュエル？」

「そうですね〜。さすがにこのままじゃ体が鈍っちゃいますし。それにメイラちゃん【鈍色の水晶】の収入がなくなったせいで、貴族街のアパートを買う資金もなくなっちゃって大変なんじゃない〜？」

「ああ、それなら購入自体キャンセルしたわ」

メイラはあっさりと言ってのけた。これにはリゼットもジュエルも驚いた。

「えぇ〜っ!?　そうなんですかぁ〜!?」

「あんなに楽しみにしていたのに……どうしてキャンセルしてしまったんですか？」

「だってよく考えてみたら、あのお金はリゼットに正当な報酬《ほうしゅう》を支払わない代わりに得た物だもの。キャンセルした代金で、これまでのリゼットの薬代を支払いたいと思っているの」

「い、いいえ、いいですよそんなの……騎士団でちゃんとお給料をもらっていますし」

「そういう訳にはいかないわ」

「でも……」

言い争う二人の間にジュエルが口を挟んだ。

「いいじゃないですか～。リゼットちゃん、受け取ってあげてくださいよ～。これってきっとメイラちゃん的にはケジメなんですよ～」

「ケジメ、ですか？」

「そうそう。メイラちゃんはさ～、【鈍色の水晶】時代にリゼットちゃんの薬のお世話になっておきながら、ちゃんとした報酬《ほうしゅう》を払わなかったワケでしょ～？　あたしもそれって良くないと思うんだ～。いくらリゼットちゃんがいいって言ってくれても、見合った報酬《ほうしゅう》を支払わないのは人としてダメだよね～」

「うぅ……返す言葉もないわ」

「メイラちゃんは間違いに気付いてやり直そうとしてるんだよね～。その第一歩として、愚か者だった時代に搾取《さくしゅ》したお金を返そうとしてるんですよ～。ケジメをつけられなきゃ、メイラちゃんは次のステップに進めないと思うんですよね～」

「そうね、ジュエルの言う通りだわ……」

ジュエルの言葉を聞いて、リゼットも納得する。

今のメイラからお金を巻き上げるなんて、という思いがあった。

けれどジュエルの話を聞く限り、受け取らないといつまで経ってもメイラは吹っ切ることができない。

「……分かりました、お金を受け取ります。メイラさん、ありがとうございます」

「リゼット……いいえ、こちらこそありがとう！」

リゼットは後日、これまでの薬代を受け取ることになった。

これでメイラも納得して自分の人生を再スタートできるだろう。リゼットはほっと胸を撫で下ろす。

「ところで噂《うわさ》だと【鈍色の水晶】って最近じゃギルドの鼻つまみ者らしいですね～。今ならあたしたちがギルドに戻っても平気っぽいですよ～」

「えっ、そうなんですか？」

「そうそう！　あれ、リゼットちゃん知らなかったの～？　【鈍色の水晶】ってば、近頃じゃ全然魔物討伐できないし、新しく雇い入れた冒険者に乱暴するし、ギルド内でトラブルを起こすし、街中で喧嘩《けんか》するしで評判ガタ落ちなんですよ～」

「パーティーランクはもうBにまで落ちたそうね。今のリノなら当然でしょう」

メイラは吐き捨てるように言うと、アップルティーの入ったカップに口を付けた。

ジュエルもうんうんと頷く。二人ともよほど【鈍色の水晶】に思うところがあるようだ。

リゼットはマカロンを食べる。表面はパリッと、中身はしっとりした食感で、間にはクリームが挟まっていておいしい。

「……本当においしいですね。ジュエルさん、メイラさん、今日は誘ってくれてありがとうございました」

「いえいえ～、お気遣いなく～！」

「リゼットさえ良ければまたお茶会を開きましょうね」

「はい、ぜひお願いします」

リゼットは今まで女友達とこんな風に過ごす時間があまりなかった。

今日はメイラとジュエルと仲良くなれた気がする。とても楽しかった。リゼットはお茶を飲み干すと、二人に別れを告げる。

そして薬品工房に戻り、午後の作業に取りかかった。

# 第五章　グストリー山

その日、リゼットは王都を出て北にある山脈地帯【グストリー山】にて登山していた。

標高三千メートルを超える国内最大の山で、山頂には【世界樹】と呼ばれる神木が生えている。

この山には【世界樹の葉】など、山頂付近でしか採取できない貴重な素材がある。それらの素材の採取にやって来た。

世界樹の葉は【霊薬《エリクサー》】の材料になる。

世界樹から稀に舞い落ちてくる光り輝く葉っぱで、それ自体が【復活薬】のような効果を持っている。

瀕死の重傷を負った人でも、世界樹の葉を口に含めばたちまち傷が塞《ふさ》がり復活する。

グストリー山には、貴重な薬の材料になる他の高山植物も数多く自生している。

高い毒性を持つ物や、香りが良くて香料や精油となる物、薬の材料になる物までさまざまだ。

王都で買おうとすると高くつくが、自分で採りにいけばタダだ。

高給取りになったとはいえ、貧乏性はリゼットの根性に染み付いていた。

……何よりも最近は薬品工房に籠《こも》って仕事をしている時間が長かったので、体を動かす必要があると強く思ったのだ。

有体《ありてい》に言うと、体重が増えた。これは由々しき事態だ。このまま引きこもり生活を続けていたら、とんでもないことになってしまう。

リゼットに惚れ込んでいる副団長のシグルドは、

「ぽっちゃりしたリゼットさんも素敵ですよ！」

……と、爽やかな笑顔で言っていた。

彼までそう言うのなら、客観的に見ても太っているということだ。

これはまずい。一刻も早いダイエットが必要だ。そこで三日前の朝早くに王都を出て、グストリー山周辺で素材の採取をしていた。

そして、リゼットの悩みに共感して同行を名乗り出た女性冒険者が二人いる。

元【鈍色の水晶】のメンバーで、現在は騎士団本部に併設された研究所で検査中のメイラと、その相棒のジュエルだ。

最近仲良くなった三人は毎日お茶会を繰り返していた結果、同じ悩みを抱えてしまっていた。だからリゼットから山に採取に行くと聞かされた二人は、同行を申し出たのだ。

「ふぅ……いい汗かきましたね」

山頂付近で運よく世界樹の葉を採取したリゼットは、額の汗を拭って一息つく。彼女の手の中では採取したばかりの世界樹の葉が、光を反射して煌《きら》めいている。

「へぇ～、これが世界樹の葉なんですねえ！　初めて見ましたよ～！」

「とても綺麗な葉っぱね、リゼット」

「そうですね。王都のお店で売られている世界樹の葉より新鮮で瑞々しいです！　やっぱり自分で採取に来て正解でした」

王都の店でもごく稀に世界樹の葉が売り出されるが、色褪《いろあ》せていて元気のない葉っぱだ。

店頭に出回るまでに何十日、ひょっとすると何ヶ月とかかっているのかもしれない。

いくら世界樹の葉とはいえ、本体である大樹から離れて日数が経過すれば元気がなくなってくる。

それに比べればこの葉はまだ落ちて一日も経っていないのだろう。瑞々しい緑色で光り輝いている。

リゼットは荷物を探って魔道具の【氷室袋】を取り出すと、そっと世界樹の葉を仕舞う。これで鮮度がしばらく保てる。

もっとも、いつまでも保つ訳ではない。王都に帰ったらすぐ調合に入ろう。決意も新たに背嚢《はいのう》を背負い直した。

背嚢《はいのう》の中にある薬草袋には、世界樹の葉以外にもたくさんの高山植物が詰め込まれている。これで色んな薬が調合できそうだ。

三人は山道を下りながら景色を眺める。王都では絶対に見られない絶景だ。

眼下に広大な平野が広がり、遠くには巨大な湖が見えた。

「いい景色ね、リゼット」

「そうですね、メイラさん」

「はふぅ〜、久しぶりにこういうのもいいかもしれませんね〜！」

メイラもジュエルも気持ちよさそうに伸びをする。リゼットもつられて大きく腕を伸ばした。

この三日間、朝も昼も夕もなくあちこちを歩き回ったおかげで、三人とも少しは引き締まったような気がする。

「……あら？」

「メイラさん、どうしたんですかぁ～？」

「……今、風の音に混ざって何か聞こえなかった？」

「え？　そうですか？」

「ほら、耳を澄《す》ましてみて」

「……あ、本当です。何か聞こえますね。これは……悲鳴!?」

「急ぎましょう!!」

リゼットたちは立ち上がり、声の方向へ向かった。

グストリー山は王都キーラに面した南側登山口と、港町レーベに面する北側登山口がある。

港町レーベは他国との交易や漁業が盛んな都市で、色んな商人や冒険者が王都との間を行き来している。

リゼットたちがいたのは、素材採取できるが魔物出没率の高い採取地。悲鳴が聞こえたのは商人や旅人用に整備された山道の方角だ。

「オラァッ！　大人しくしろ!!」

「ひぃいっ、助けてくれえぇっ！」

「金目の物を全部置いていけば、命だけは取らないでいてやるぜ！」

「おい、あんまり乱暴に扱うなよ。商品に傷がついたら価値が下がるだろうが」

「うるせー！　俺に指図するんじゃねえ!!」

黒いマスクとフードで顔を覆った三人組の男が、レーベ方面からやって来た商人の馬車を襲っていた。

地面には数人、護衛らしき姿の男が転がっている。死んではいないようだが、動けなくなっているみたいだ。

顔を覆った男たちは剣を構えて商人の一団を脅し、積み荷を奪おうとしていた。

「ジュエル、リゼット、あの人たちが持っている武器を見て！　刃がオレンジ色に光っているわ！」

「ホントだ！　ねえリゼットちゃん、あれって毒じゃない？」

「色から察するに、たぶん麻痺毒《まひどく》が塗ってある【パラライズ・ダガー】だと思います……！　毒の強度は見ただけでは分かりませんが、恐らく数時間は痺れて動けなくなるかと……」

あれなら確かに死ぬことはないかもしれない。

だがこんな山道で麻痺《まひ》した状態で放置されたら、寄って来た魔物に殺されてしまうかもしれない。

リゼットたちは顔を見合わせて頷いた。

「助けましょう！」

「そうね！」

「了解です～！」

「ただ、このまま間に入ったら、私たちも麻痺毒《まひどく》にやられてしまうかもしれません。ジュエルさん、メイラさん、私に考えがあります。こんなのはどうでしょうか――」

リゼットの提案に、メイラとジュエルは笑みを浮かべて賛成した。

そして二人は、リゼットが差し出した丸薬を受け取って呑み込んだ。

三人は動き出す。まずは死角からリゼットが飛び出し、目潰《めつぶ》し効果のある【煙幕弾】を炸裂させる。

「ていっ！」

強烈な光が辺りを包み、盗賊たちの目をくらませた。

「うおっ!?　なんだこりゃ!?」

「くそっ、目が見えねぇ!!」

「何しやがった、何者だ、テメェ!?」

ちなみにリゼットとメイラ、それにジュエルは魔道具の一種【遮光色付きメガネ】を装着していたので平気だ。すぐさまメイラとジュエルが動き出す。

「うおおおおお!!　いたいけな商人を狙う賊どもめ！　許さないわよ!!　【ファイアーパンチ】!!」

「ですですぅ～！　お仕置きしてやりますぅ～！　【ホーリー・スープレックス】!!」

メイラは拳に魔法の炎を纏わせて殴りかかる。

ジュエルは聖なる光を身に纏うと、盗賊の一人を掴んで投げ飛ばした。

ついさっき二人が飲んだ丸薬は、リゼットが作った強化薬【ミノタウロスの強化薬】だ。

この間倒したミノタウロスの肉を一部素材として持ち帰り、粉末化させ、【強化薬】の調合のレシピに混ぜたものである。

強化薬はその名の通り、肉体を強化する薬だ。

持続時間は短いが、効果が続いている間は物理攻撃力が上がる。

ミノタウロスの強化薬は、通常の肉体強化薬の十倍近い効果が発揮される。

そして服用した人間は男女問わず筋骨隆々《きんこつりゅうりゅう》となり、性格も少々荒っぽくなる。

盗賊たちはメイラとジュエルに殴られ投げ飛ばされる。

それでもフラフラと立ち上がり、逃げようとした。

「メイラちゃ～ん、油断しないでくださいい～。あいつら、まだ余力がありそうですよ～！」

「そうね。それじゃあ最後に止めを刺しましょうか!!」

「オッケーですぅ～！　いきますよお！」

「「聖魔のダブルラリアットおぉぉーーーッ!!」」

メイラとジュエルの腕が、炎の赤と聖なる光に光り輝く。

彼女たちは盗賊を囲む。そして同時に走り出すと、盗賊たちに両サイドからラリアットをかました。

ゴガアアアァァァァァァンッ!!

二人の必殺の一撃が、盗賊たちの顔面に直撃した。

「ぎゃああああああああッ!!」

盗賊は吹き飛び、そのまま地面に倒れる。

一人は白目を剥《む》いて倒れているが、二人はしぶとく立ち上がった。

「う……うぐぅ……」

「なんで、ここにコイツらが……くっ、逃げるぞ……ッ!!」

「お、おう……!!」

「あっ、待ちなさいよ!!」

その時、ミノタウロスの強化薬の効果が切れた。二人の体が元の華奢な女性体型に戻る。

ジュエルとメイラが追い付くよりも早く、二人の盗賊は崖から飛び降りる。二つの影が崖下に落下していった。

「アイツら、正気……？　この高さから飛び降りるなんて……」

「あの身のこなし、只者《ただもの》じゃなかったわ。強化薬が切れた私たちが追いかけるのは危険かもしれない。それよりも……」

メイラとジュエルは残った一人の盗賊を見やる。

こっちはまだ気絶していた。だがリゼットはそれよりも気になることがあった。急いで商人に駆け寄って無事を確かめる。

「大丈夫ですか？　お怪我《けが》はありませんか？」

「は、はい……少し目眩がしておりますが、おかげ様で助かりました」

「煙幕弾の影響ですね。この目薬を使えば治りますよ。どうぞ」

「おお、ありがとうございます……!!」

商人はリゼットに渡された目薬を差す。これもリゼットが調合した薬の一種だ。商人は視界が戻ったようで、改めて頭を下げた。

「今回は危ない所を助けていただき、誠にありがとうございました」

「いえ、当然のことをしたまでですよ」

それから倒れている護衛たちにも駆け寄って、抗麻痺薬《こうまひやく》を与える。

やはり命に別状はなかったようだ。外傷も大した怪我《けが》ではない。

すぐに全員意識を取り戻して動けるようになった。

「ここは危険です。安全な場所に移動しましょう。すみませんが、王都までご一緒していただけないでしょうか？　あんなことがあった直後なので不安で……もちろん報酬《ほうしゅう》は支払いますので、お願いします」

「もちろん、構いませんとも！」

リゼットたちは商人の馬車に乗り込み、山を降りて王都キーラを目指す。盗賊の一人は捕縛して、荷台に載せた。王都で衛兵に引き渡すためだ。

その道中で商人たちの自己紹介を聞く。

「私たちは港町レーベから王都へ商売に向かう途中だったんです。いつもはこの人数の護衛で問題なく行き来していたのですが、今回はあの盗賊共に襲われまして……たった三人なのに恐ろしく強い賊共でした」

「そうだったんですか」

「お嬢さん方は冒険者ですかな？　王都に着きましたら助けていただいた分も上乗せして、報酬《ほうしゅう》を支払わせていただきますよ」

「お気になさらず。私たちはただ通りすがっただけですもの」

リゼットと商人がそんな話をしていると、後ろのほうでジュエルが驚愕の声をあげた。

「えぇぇっ⁉　メイラちゃん、コイツって――！」

「……ダリオ、なぜ貴方が盗賊なんてやっていたの⁉」

「えっ、ダリオさん⁉」

その言葉にリゼットも驚いて後ろの荷台を振り返る。

捕縛した盗賊の一人、意識を失った男のフードとマスクをジュエルが取っていた。

その下から現れたのは、三人にとって見知った顔だった。

緑髪のオールバックに優柔不断そうな顔つき。頭部までしっかり隠していたせいで分からなかったが、間違いない。

冒険者パーティー【鈍色の水晶】の一員、マジックナイトのダリオだった。

「ちょっとあんた、起きなさいよ！」

ジュエルが頬を叩くとダリオは瞼《まぶた》を開けた。

自分を覗き込む三人に気付くと、両目を大きく見開く。

「リゼット、メイラ、ジュエル……⁉　どうしてここに……⁉」

「それはこっちのセリフよ～！　【鈍色の水晶】のあんたがなんで盗賊まがいのことをしてたワケぇ⁉」

「盗賊……そうだ、俺はリノとアクセルに逆らいきれずに……」

「ダリオさん、何があったんですか？」

リゼットもダリオの前に移動して話を聞く。

今のダリオは両手両足をロープで捕縛されている。襲われる心配も逃亡する可能性もない。

自分の状況を理解したダリオは、観念したように話し始めた。

「……リゼットをクビにした直後、【鈍色の水晶】はダメになったんだ。パーティーの連携はガタガタ、リノの横暴な振る舞いがひどくなり、メイラとジュエルも辞めてしまった」

「はい」

「その後も加入メンバーは次々と辞めていき、【鈍色の水晶】の評判は地に落ちた。せっかくSランクパーティーになったのに、すぐAランクに逆戻り。それどころかBランク、Cランクにまで落ちていった。ついにキレたリノが不当な評価だとイチャモンをつけて、ギルドマスターを殴ってしまったんだ……」

「な～るほど。それで冒険者資格を剥奪されちゃったのね～？」

「……ああ」

元々評判が悪くなっていたところにギルドマスター相手に乱闘騒ぎを起こし、【鈍色の水晶】は冒険者登録を抹消された。

そしてリノ、アクセル、ダリオは冒険者資格を剥奪されてしまった。

近頃【鈍色の水晶】の評判が悪いというのはメイラ達から聞いていた。

しかし、ここまでひどい状況になっていたなんて……

「絵に描いたような転落人生ね～。まっ、あたしはリノに殴られたことあるからいい気味だけど～。ダリオもあの時、止めるどころかリノの肩を持ってたわよね～。ふん、同情なんてしてやらないわよ～！」

「うぅ……返す言葉もない……」

「ジュエルさん、気持ちは分かりますが落ち着いてください。それでダリオさん、貴方はどうして盗賊なんかに？」

「リノだよ。リノの野郎が言い出したんだ」

「リノさんが⁉ ……待ってください、じゃあさっきの盗賊って——」

「ああ、リノとアクセルだ」

「なんですってぇ⁉」

ジュエルは頭を抱えて叫んだ。メイラは呆れたようにため息をつく。リゼットは驚きのあまり言葉も出なかった。

「そういえば、私たちを知っているような口ぶりだったわ。なるほど、リノとアクセルだったというなら納得ね」

「でもなんでわざわざ盗賊に……？　冒険者資格を剥奪されたといっても、他にも仕事はあるじゃないですか」

「リゼット、お前は分かってないな。リノの性格を考えてみろ。あいつは傲慢《ごうまん》でプライドの高い男だ。一度はSランク冒険者になってチヤホヤされたのに、今さら他の仕事を真っ当に始められると思うか？」

「……それは」

「俺だって日雇い労働から再出発しようって提案してみたさ。そうしたらリノの野郎、ふざけんなって俺を殴ってきやがったんだ。アクセルはリノのイエスマンだ。へらへら笑って殴られる俺を見ているだけだったぜ」

「うわぁ、最悪ね～。ほんっと救いがないわ～」

リノもアクセルもSランク冒険者時代に豪遊する癖がついていた。

そしてパーティーが凋落《ちょうらく》した後も同じように豪遊し続けたせいで、貯蓄など皆無。

それどころかツケ払いで飲んでいた高級な酒場から代金を取り立てられ、気が付けば借金まみれになっていた。

絵に描いたような転落劇を聞かされ、リゼットたちは呆れとも憐れみともいえない表情を浮かべる。

「それで金を稼ぐために盗賊を始めたって訳か～。はぁ……アホ過ぎて笑うしかないんだけど～……」

「返す言葉もない……でも今回が初犯だったんだ！　それに被害者を殺さないように麻痺毒《まひどく》を使うことにして……だから……！」

「積み荷を奪われたらわたくしら商人はやっていけませんよ。直接手にかけられなくても、殺されるようなもんです」

黙って話を聞いていた商人が冷たい言葉を放った。

ダリオは凍り付いたように言葉を詰まらせる。護衛の男たちもウンウンと頷いた。

「そうッスよ。それにあのまま放置されてたら、動けなくなった俺たちは魔物の餌食《えじき》になって終わり。アンタの理屈は結局、自分は直接手を下してないから罪は軽いってことだろ？　ふざけんなよ、そんな理屈が通じるかよ！」

「盗賊が出るから、我々商人は高い金を出して護衛を雇う破目《はめ》になる。その費用が商売を圧迫することもあるんですよ」

「うっ……くっ……」

「アンタらのようなロクデナシのせいで、真っ当な商人が安全に商売できなくなるのは困るんですよ。初犯だろうが未遂だろうが、王都に着いたら衛兵に突き出します」

「そ、そんな……！　頼む、見逃してくれ……！」

「ダリオさん、商人さんたちの言う通りです。本当に初犯で誰も傷つけていないのなら、そんなに重い罪には問われないはずです。でも貴方が道を踏み外しかけて、人を傷つけたのは事実です。……ちゃんと罪を償ってやり直すべきだと思います」

「リゼット……」

「それに逃げたリノさんやアクセルさんの件も、王都の皆さんに報告しないといけませんし」

「くうっ……、俺は、俺たちは、なんてバカなことをしてしまったんだ……！」

ダリオは自分の愚かさを悔いて涙を流した。リゼットたちはそれを静かに見つめた。

「皆さん。王都キーラが見えてきましたよ」

しばらくして、馬車は王都に到着した。

リゼットたちも商人は城門前で衛兵に事情を話した。

元Sランクパーティー【鈍色の水晶】が今や盗賊に身を落とした話は、衝撃を伴って王都に広がった。

当然、騎士団本部にも話が行く。

すぐにシグルドやユーリスが、騎士たちを伴って衛兵の詰所に駆けつけてきた。

「リゼットさん！　ご無事でしたか⁉　お怪我《けが》はありませんか⁉」

「はい、大丈夫です。かすり傷一つありません」

「だから俺はリゼットさんが採取に向かうのは反対だったんです！　どうしても外へ行くのなら俺も同行させてほしいと頼んだのに！　俺がお側にいればリゼットさんに恐ろしい思いをさせることも、怪我《けが》を負わせることもなかったのに！　なんという不覚……ッ‼」

「落ち着けシグルド、リゼットはかすり傷一つないと言っているだろう」

「あ、ユーリスさん」

「やあリゼット、お手柄だったね」

シグルドの後ろからユーリスがひょっこり顔を出した。

彼は捕縛されて詰所の床に転がるダリオを見下ろした。

「それにしても、この男はリゼットを追放したパーティーの一人だよね？　その末路がコレか。まさか盗賊に身を落とすとは、やっぱり見る目のない連中はダメだね」

「そのことなのですけど、他にも逃げた盗賊が二人います。……ダリオさんの証言によると、その二人も元【鈍色の水晶】のリノさんとアクセルさんらしいんです」

「それは確かな情報なのかい？」

「はい」

「……なるほど」

ユーリスは呆れ果てたといった様子で、両手を広げた。

「では衛兵と協力して王国騎士団も尋問に同席させてもらおうか。シグルド」

「はい！　リゼットさんを追放した挙句《あげく》、盗賊に身を落とし商人に狼藉《ろうぜき》を働く連中など言語道断!!　そのような悪逆非道の蛮族どもの存在を知りながら放置するなど、王国騎士団の名折れです！　必ずやこの手で裁いて見せましょう!!」

「いや、そこまで気合を入れなくていいよ。僕たちはあくまで事情聴取をするだけだ。リゼット、メイラ、ジュエル。キミたちにも証言を頼むよ。この男を捕らえた時の話を詳しく聞かせてくれ」

「はい、分かりました」

「任せてくださいな〜！」

メイラとジュエルも快く応じる。

その後も衛兵詰所にて、夜遅くまで取り調べが続けられた。

ダリオの証言通り、【鈍色の水晶】は今回が初犯だった。

襲われた商人団も大した被害は出ていない。死者は出ておらず、積み荷も無事だ。

パラライズ・ダガーで襲われた護衛たちも、リゼットの薬ですぐに治療したおかげで大事には至らなかった。

王都では【鈍色の水晶】が起こしたトラブルが多数報告されているが、大半はリノとアクセルが起こしたものだった。

ダリオは止めようとして逆に殴られていたという証言がいくつも報告されている。

今回の件でダリオはすっかり消沈し、悔恨と反省をしているようだ。

脅迫を受けていたことも鑑みて情状酌量が入り、短期間の禁固刑または罰金の支払いで済んだ。

もちろん盗賊にまで身を落としたダリオに罰金を支払う能力はなく、当面は服役することになった。


ダリオのギルドでの処遇が決まった。釈放された後も、冒険者資格は剥奪されたままになるようだ。

王都にいる限り、冒険者資格が戻ってくることはない。

他の労働に勤《いそ》しむか、どうしても冒険者を続けたいなら王都を離れ、遠い新天地でやり直すしかない。

――処分決定の数日後、留置場の面会にやって来たリゼットに、ダリオは憑《つ》き物《もの》が落ちたような顔で語りかけた。

「バカな真似をしてしまったが、リノやアクセルと手を切れて良かったよ。罪を償い終えたら人生をやり直したいと思う」

「ダリオさん……大変だと思いますが、頑張ってくださいね」

「ありがとう。それとリゼット、あの時はすまなかった」

「え？」

「お前が追放された時も、俺はリノやアクセルに逆らえなかった。……リノが怖かったのもあるが、やはり俺も調子に乗っていたんだと思う。奴らに加担してお前を罵倒し、【鈍色の水晶】を追い出してしまった。それがいけなかったんだ」

「ダリオさん……」

「【鈍色の水晶】は、元々何も持たない連中が集まって冒険者ギルドの頂点を目指すパーティーだった。リノ、アクセル、メイラ、俺――それにリゼット、お前がいて初めて成り立つパーティーだったんだよ。それなのにお前をクビにした時点で【鈍色の水晶】は滅びる運命だったんだ」

「……もう過ぎたことです。それに私は、今はこうして新たな夢に向かって歩んでいます。ダリオさんも新しい道を進んでください。応援しています」

「……俺が言うのも変だが、リゼットは本当に優しい娘だな。お前ならどこへいってもうまくやっていけるさ。じゃあ、元気でな……」

「はい、ダリオさんも」

リゼットはダリオさんと別れる。

留置場を出ると、門の前にはシグルドとユーリスが迎えに来ていた。

「リゼットさん、大丈夫でしたか？　暴言を吐かれませんでしたか？」

「だ、大丈夫ですよ。ダリオさんも反省しているようですし、もう私たちの間に遺恨はありません」

「本当ですか？　リゼットさんは優しいので無理をしているのではないかと心配です。もし何かあればいつでも言ってくださいね。俺がすぐに駆けつけます！」

「あ、ありがとうございます。お気持ちは嬉しいのですが……」

「シグルド、キミは少し落ち着け。リゼットが困っているじゃないか」

「す、すみません、つい……！」

「まったくキミは、リゼットのことになると周りが見えなくなるな」

なんならリゼット本人すら見えなくなって、暴走する時もあるから困る。

それさえなければ王国最強の騎士で、名家の嫡男で見目麗《うるわ》しい非の打ちどころのない人なのだが。

「さて、これで用件は終わりかな。リゼット、今日は外で食事をして帰ろうか。いつも騎士団食堂だと飽きてしまう」

「そうですね。どこへいきましょうか？　お恥ずかしながら私はあまりお店に詳しくなくて……」

いつも冒険者ギルドの酒場か、宿の食堂または近くの安食堂で済ませていた。

シグルドが自分に任せろと言わんばかりに元気よく挙手をする。

「それなら俺が案内しますよ！　こう見えてジークムント家の跡取りです！　名店なら任せてください！　元宮廷料理人がシェフを務める五つ星レストランや、異国の料理人が一風変わった料理を提供する高級レストラン、貴族御用達の高級サロンに、美食家たちが集《つど》う珍味佳肴《ちんみかこう》を提供する会員制サロンまで、あらゆる店を知っていますよ!!」

「お、おおお、お気持ちはありがたいのですがっ！　そ、そういうところはちょっと……もう少し肩の力を抜けそうなお店がいいです……！」

「それなら今回も店は僕が決めようかな。リゼット、行こうか」

「あ、はい、お願いします」

「ああ、待ってください、お二人とも！」

こうしてリゼットたちは王都の大通りへと繰り出した。


ユーリスが案内した先は、王都中央にある大通り沿いのレストランだ。

三人が通されたのは二階にある窓際の席で、王都中央広場が一望できた。

王都の広場だけあって、平日なのに大勢の人々が行き交っている。特に広場の中央にある巨大噴水の周りには、親子連れや遊んでいる子供が多い。

広場の周辺には庁舎があり、貴族街に続いている。そのさらに奥へ目を向けると、荘厳な佇《たたず》まいの王城が威容を誇っている。

よく晴れているおかげで、北の方に雄大なグストリー山脈の峰々も確認できる。王都の中でも絶好の景観スポットだ。

もちろん景色がいいだけではない。店内の内装は、カジュアルでありつつも小洒落《こじゃれ》た雰囲気だった。

テーブルには清潔な白いクロスがかけられている。椅子は背もたれが高く、座面もクッションが効いて座り心地が良い。

テーブル間の距離も開いている。狭苦しさを感じない、ゆったりした空間デザインだ。

店員は全員白を基調とした制服に身を包み、洗練された所作で接客を行っている。

「このレストランを利用するのは主に平民だけど、裕福な商人や旅行者たちに人気が高い。よく満席になっているそうだよ」

席に案内されるとユーリスが言った。

レストラン・ヴォワ・ラクテ。クラネス王国の伝統料理やワインを庶民でもお手頃に食べられる、カジュアルなレストランだ。

この店の存在はリゼットも知っていた。なにせ王都の中でもかなりの絶好スポットにあり、庶民でも門前払いされないレストランだ。

もっとも、冒険者時代のリゼットが足を踏み入れたことはなかった。

それでも王都にいる間に、一度入ってみたいと思っていた。

「はぁ……素敵なお店ですね。私、このお店で食事するのが夢だったんです。夢がまた一つ叶えられました。ありがとうございます」

リゼットはぺこりと頭を下げる。ユーリスは上品な微笑みを浮かべた。

「なるほど、リゼットさんはこういう店が好きと……メモしておかねば……！」

その隣で、シグルドがメモを取り出して何か記入している。

「さて、先にオーダーを済ませようか」

ユーリスはそう言って控えていたウェイターを呼んだ。

「オススメを教えてもらえるか？」

「かしこまりました」

テーブルの側に控えていたウェイターが恭《うやうや》しく礼をして説明を始めた。

「本日は牛頬肉の赤ワイン煮込みのコースが大変ご好評いただいております。コース内容は五種のオードブル盛り合わせに鮮魚のカルパッチョ、ポタージュスープに当店仕込みの焼き立てパン、食後にデザートと、ティーまたはコーヒーをお選びいただけます。特に女性のお客様の注文が多く、当店の看板メニューでございます」

「ふむ、なかなか良いじゃないか。リゼット、どうする？　僕はこれにしようと思うが」

「私も同じものにします」

「では俺もそれで頼む」

「かしこまりました。それでは少々お待ちください」

三人のオーダーを受け取ったウェイターは、恭《うやうや》しく礼をして席を離れていった。

しばらく待っていると、注文した料理が運ばれてきた。

テーブルに並べられる料理は、どれも彩り豊かでおいしそうだ。

ランチはコース料理だ。鮮やかな色合いの野菜を使った前菜から始まり、メインの牛頬肉の赤ワイン煮込みが皿に盛られてやってきた。

「ふあああぁぁぁぁ……！　こ、こんなに良いお肉を独り占めしていいんですか……!?」

「もちろんだ。さあお食べ」

「はいっ！　……とってもおいしいです！」

一口食べた瞬間、思わず感嘆の声が漏れる。

濃厚なソースを纏った牛肉は柔らかく、噛むたびに旨みが溢れ出てくる。

付け合わせのマッシュポテトや人参も素材の味が活かされており、口の中で絶妙なハーモニーを奏でる。

「はあ……幸せ……」

「これは確かに美味ですね！　宮廷料理人が作る料理とはまた違った趣きがあります」

「宮廷料理は形式を重視している。食材の味を引き出すこと以上に、いかに見栄え良く豪華に飾り立てるかに重きを置いているんだ」

「そうなんですか」

「それに対してこのレストランの料理は、味にこだわっている。形式よりも、それぞれの料理人が工夫を凝らした独自の技法で調理しているんだ」

「へぇ……」

「商人や庶民は、見栄えよりも味わいを重視するだろ？　それがこのレストランの特徴であり、繁盛している理由でもある訳だ。……ここだけの話、身分を隠して食事に来る貴族もいる」

「ユーリスさん、詳しいんですね」

「僕の母は庶民の出だったからね。僕もたまに外に出て王都の様子を視察しているんだ」

ユーリスは澄《す》まし顔で答えた。しかしその顔は、リゼットの目には少し得意げに映った。

「ユーリスさんのお母様はどんな方だったのですか？」

「……あまり覚えていないな。身分が低くて王の公妾《こうしょう》になる資格すらなかった。僕とは幼い頃に別れたきりだ。確か……三歳ぐらいの頃だったかな。それが最期の別れとなったよ」

「え、では……」

「うん。もう死んでしまったんだ」

「……ごめんなさい、辛いことを思い出させてしまって……」

「気にしなくていいさ。もう十年以上前の話だしね。記憶の中の母は、いつも優しい笑顔を浮かべていたよ。最後に会った時、僕の頭を撫でながらこう言ったんだ。『どんな逆境にも負けないで強く生きなさい』って」

「そうなんですか……。きっとユーリスさんのことを愛していたんでしょうね」

「……さあ、どうかな。王の子供なんて宿さないほうが、母は幸せだったんじゃないかとも思うけどね」

「それは違いますよ！」

リゼットは語気を強めた。

ユーリスが驚いた顔をする中、リゼットは自分の思いを言葉にして紡いでいく。

「ユーリスさんのお母さんは、貴方を愛していたからこそ強く生きてほしいと思ったんですよ。じゃなかったらユーリスさんに強く生きなさいなんて言いませんよ」

「リゼット……」

「ユーリスさんは自信を持ってください。いつも自虐ばかりしている私が言うのはヘンかもしれませんが……」

「……ははは っ。うん、確かに変だ。いつも卑屈なことばかり言っているリゼットにこんなお説教をされるなんてね。でも、ありがとう」

ユーリスは微笑みを浮かべた。

「キミの言葉は僕にとって、とても嬉しいものだったよ」

リゼットはその表情を見て、ほっとした気持ちになる。

食後の紅茶を口に含む。なんとなく、しんみりした空気が流れた。

だが、そんなしっとりした空気を引き裂く者がいた。

もちろんシグルドだ。彼は勢いよく挙手して自己アピールを始める。

「はい！　はい！　俺の母上は王都の邸宅で元気に過ごしています！　趣味は薔薇園《ばらえん》の手入れと刺《し》繍《しゅう》と編み物で、毎日作品をたくさん生み出しています！　将来、俺に子供が生まれた時に、その子用の編み物をするのが楽しみで仕方がないと言っています！　というかすでに編み始めています！　おかげで俺の実家では使っていない部屋に大量の手編みの品が積みあがっています！」

「そ、それはすごいですね……！」

「ちなみに母の悩みは、一人息子の俺に恋人も婚約者もいないことだそうです。おかげで近頃は実家に帰る度に見合い話を持ってこられて困っていました。ですが、もう心配ありません！　俺は一生を捧げて尽くすべき愛する女性を見つけました。後はその人を振り向かせるだけです！」

シグルドは爽やかな笑顔を浮かべ、リゼットを真っ直ぐ見つめた。

曇《くも》りのない瞳で。一切の躊躇《ためら》いも迷いもない瞳で。

「へ、へぇー、それは良かったですね」

リゼットはやや引き気味になりつつ相槌を打った。

「はい、本当に。後はプロポーズするだけです！　それでリゼットさん、今この場で申し上げたいのですがよろしいでしょうか？」

「え、な、何を!?」

なんだろう、ものすごく嫌な予感がする。

見かねたユーリスが間に入ってくれた。

「落ち着けシグルド、ステイだ、ステイ！　ここには他の客もいるし、何より僕もいるんだぞ！

キミの奇行は知っているが、さすがにこんな大勢の前でやったらリゼットがショック死してしまう！」

「おや、すみません。つい興奮のあまり我を忘れてしまいました」

「……まったく、油断も隙もあったものじゃないな」

ユーリスが呆れ果てている。リゼットも同じような心境だった。

シグルドは悪い人ではないのだが、いつも全力すぎて少し疲れる。

「ふぅ……じゃあ次は、リゼットの家族について聞いてもいいかい？」

「私の家族、ですか？」

ユーリスは頷く。

「これまで断片的には聞いていたけど、ちゃんと聞いたことはなかっただろ？　もちろん言いにくいようなら答えなくて構わないけど」

「いえ、大丈夫です。私は元々母子家庭で、母と二人で暮らしていたんです。薬作りも母が教えてくれたんですよ。……でも私が十二歳の時に病気で亡くなりました」

ユーリスは神妙な顔つきでリゼットの話を聞いている。

シグルドも空気を読んだらしく、真面目な顔で居ずまいを正した。

「私たちが暮らしていたのは小さな田舎の村の近くでした。母は村から少し離れたところの家で、たまにやってくる商人を相手に薬を売って生計を立てていたんです」

リゼットは幼少の頃を思い出す。

母は薬学に詳しい人だったが、人付き合いはあまり得意ではなかった。むしろ、人嫌いだった。

リゼットはそんな母に調合の手ほどきを受け、色んな薬品を作れるようになった。

母のレシピは門外不出。よく効くと評判の薬だったが、母は誰にも製法を教えなかった。

ただ今にして思うと、母には何か特別な力が備わっていたような気もする。

生前に一度だけ聞いてみたことがあった。

母は笑いながら「私は精霊の取り換え子だから特別な力があるのかもね」と冗談めかして言った。

母には幼少の頃、森で迷子になり一週間帰ってこなかったことがあったらしい。

その後無事に戻ってきたものの、住んでいた村では「精霊の取り換え子」と噂《うわさ》され避けられるようになった。

母の人嫌いな性格は、そういう偏見に晒《さら》された幼少期を送ったためのようだ。

リゼットにはそういうトラウマはないが、ずっと母子二人の生活をしてきたせいで、若干人付き合いが苦手だ。

「母の死後は村に特別仲の良い人もいなかったし、取引のあった数少ない商人さんも来なくなってしまいました。それで思い切って王都に出てきたんです。王都なら仕事もあるだろうと思って」

それに田舎よりも都会のほうが、人付き合いが大変ではないと聞いていた。

実際に何年か生活してみて、その通りだと思った。

流れ者やさまざまな階層の人々が暮らしている。人の出入りが激しいので、良くも悪くも他人に無関心だ。

「でも王都では薬師協会に所属していない人は、医療ギルドや商人ギルドに薬品を納品できません。そして組合に所属するには、組合の認定資格を有する薬師に弟子入りして推薦を受ける必要があります。……私みたいな田舎出身の小娘には、どちらの道も閉ざされていました」

「それで冒険者ギルドに登録したのですね」

「はい。冒険者ギルドでは例外的に、組合に所属していない調合師が薬品を納品できます。流通先は冒険者ギルド内に限られる上に、報酬額《ほうしゅうがく》もかなり低いですが……」

通常、薬師の作る薬は騎士団や貴族、あるいは街の道具屋や病院へ優先的に回される。

普通の薬師はそれらを取引先の顧客としている。

冒険者ギルドは優先度が低い。なにせ荒くれ者が多く、金払いもあまり良くない。だから薬師の取引先としてまったく人気がなかった。

だが肉体労働が主な冒険者ギルドではポーション類の消耗が激しい。必要とされる薬品の量は、他の比ではないのだ。

そこで冒険者ギルド内の流通に限り、例外が認められた。

だがそんな環境で納品される薬品の質は、大抵がお察しである。それ故に単価は低く、安かろう悪かろうがまかり通っていた。

ちなみにこれらの話は、薬師協会の影響力が強い都市部周辺の話だ。

リゼットが暮らしていた田舎の村ではそこまで厳しくなかった。

しかしリゼットにはもう帰る場所がなかった。待遇が悪くても王都で頑張るしかなかった。

「……その辺りの話は、薬師協会の利権が絡む問題だから改善の手が及ばなくてね。ゆくゆくは変えていくべきだと思うのだけど、今の僕では難しいんだ。すまない」

苦々しく言ったユーリスに、リゼットは笑って首を振る。

「いいんです。それ以上に助けていただいていますから。だって、私の薬品レシピの特許申請がスムーズに進んでいるのはユーリスさんのおかげですよね？」

「え？」

「普通に考えたら、たとえ効果の高い薬品を作れたとしても、私のような小娘の薬が簡単に認められるはずがないんです。なのに認められているのは、王子様であるユーリスさんのおかげだと思っているのですが、違いますか？」

「……キミって時々鋭いよね。僕の体には半分とはいえ王家の血が流れている。だから多少の融通が利くのさ」

「やっぱり」

「でも勘違いしないでくれ。いくら僕だって効果のない薬をごり押しできる訳じゃない。不正ができる訳じゃないんだ。キミの薬が優れているから後押しできるだけなんだよ」

「それでも、ありがとうございます」

心からのお礼を言う。照れ隠しなのか、ユーリスはそっけなく言うとそっぽを向いた。

「今はそんな話よりキミの話の続きを聞こうじゃないか。それでキミは冒険者ギルドに登録して、すぐに【鈍色の水晶】に加入したのかい？」

「二、三回薬品の納品の依頼を受けた後だったでしょうか。まだ駆け出しだったリノさんに誘われて【鈍色の水晶】に加入したんです。あの頃は楽しかったな……」

右も左も分からない王都で、自分の将来も一年後の生活も何も見えていなかった。

けれど、同じ立場の仲間と支え合って一つの夢を追っていた。

そのせいか不思議と心細いとか寂しいと感じたことはなかった。

あの頃のリゼットにとって【鈍色の水晶】はかけがえのない居場所だった。

今こうして穏やかな日々を送ることができるのは、あの時代があったおかげかもしれない。

「……リゼット？」

「あ、すみません。ちょっと思い出に浸ってしまいました。……もしかすると、私の態度がリノさんたちを増長させた側面があるのかもしれませんね」

「え？」

「今までは誰かの役に立てればいいと、そう思っていました。でも、そんな態度が良くなかったのかもしれません。もっとちゃんと自己主張できていれば、リノさんたちもこんなことになっていなかったんじゃないかって……」

「それは違いますよ、リゼットさん」

シグルドはきっぱりと否定した。リゼットは顔をあげて彼を見た。

「彼らはリゼットさんの薬に助けられていたのでしょう。それを自分だけの力だと思い上がり、増長したのは彼らの責任です。彼らは身近な人への感謝の心を忘れました。それはどこまでいっても彼らの自業自得です」

「シグルドさん……」

「力や立場を得るということには、相応の責任が伴います。彼らはそれに耐えられるだけの精神を持たなかった。持とうとすらしなかった。欲に溺《おぼ》れて己を見失ったのです。ですがリゼットさんは違います。優れた力を持っているのに、思い上がることがありません。俺はそんな貴女を人としても尊敬しています。俺も我を忘れると暴走する時があるので」

「そんな、シグルドさんは——」

確かにシグルドはたまに暴走する。

だが彼はすぐに反省してくれるし、リノたちみたいに悪質でシャレにならない暴走はしない。

リゼットも本気で迷惑している訳ではなく、困惑しているだけだ。

どう対応していいのか分からないので困っている。それだけだ。

リノたちに比べたらシグルドの暴走なんて可愛いものだと、今のリゼットには思えた。

「ああ、デザートが来ましたね。リゼットさん、食べましょう」

「はい、ありがとうございます」

リゼットの前には白磁のカップに入ったプリンが置かれていた。カラメルソースが艶々と輝いている。

「おいしそうですね。早速いただきます」

リゼットはスプーンを手に取り、ゆっくりと口に運ぶ。

口の中にまろやかな甘みと、カラメルソースのほろ苦い味が広がった。

◇◆◇

王都キーラで元【鈍色の水晶】のリノとアクセルの悪行が明らかになり、二人は指名手配された。

グストリー山周辺では山狩りが行われ、自警団の警備も強化される。

クラネス王国の治安は騎士団、衛兵団、自警団の三つの組織で維持されている。

王都と王都周辺は騎士団と衛兵団が協力して治安維持を取り仕切る。

王都から離れた場所は各所の自警団が管轄し、場合によっては冒険者にも依頼が出される。

今回は大規模な山狩りが行われたが、それでもリノとアクセルは見つからなかった。

リゼットたちの手を逃れ、崖から飛び降りた二人は生きていた。

森の奥に身を潜め、退治した魔物の肉や採取した素材を食いつないで生きていた。腐《くさ》っても元Sランク冒険者。サバイバルや隠密行動はお手の物だ。

「ハア……クソっ、いつまでこんな生活続けりゃいいんだ……！」

だが、さすがにサバイバル生活にも嫌気が差してきた。

リノは捕まえたオークを解体して肉を貪り、しゃぶった骨を忌々《いまいま》しそうに投げつけた。

「だよなあ、そろそろ酒が飲みたいぜ。なあリノ、そろそろ山を降りねえか？」

「バカ野郎！　山狩りに来た連中の会話を聞いただろうが！　俺たちのツラも名前も素性も全部バ

レちまってんだよ！　もうしばらくは山に身を潜めねえとダメだ。ほとぼりが冷めてからじゃねえと他の土地にも移動できねえ」

「チッ、面倒くせぇなぁ」

アクセルは舌打ちする。リノは状況をよく理解していないアクセルに苛立っていた。

アクセルはあまり頭が良くない。自分で物事を考えて判断するのが苦手な男だ。

腕が立つので戦闘では頼りになるが、普段の生活では的外れなことばかり言ってリノを苛立たせる。

だからといって、今この状況でアクセルと揉めるのは悪手だと分かっている。

腹は立つが今は我慢するしかない。痛めつけるのは、ほとぼりが冷めて人里に戻った後でいい。

「もうすぐ雨季に突入して川が増水する。そうすれば捜索の手も緩くなる。それまでは息を潜めるしかねぇ」

「仕方ねえなぁ、我慢するかぁ……ん？　おいリノ、あれを見てみろよ」

「あん？」

二人が根城にしている洞窟《どうくつ》へ戻る途中だった。

アクセルがふと見た先に、別の洞窟《どうくつ》への入り口がぽっかり開いているのに気付いた。

世界樹の根の一端が入り口付近の土を盛り返していて、その近くに巨岩が転がっている。

どうやら今まではこの岩が入り口を塞《ふさ》いでいたが、世界樹の根が盛り上がってきたせいで崩れたようだ。世界樹は未だに成長を続けている巨大な神木だから、たまにこういうことがある。

リノは洞窟《どうくつ》に近付く。巨岩の裏には粘着質な蜘蛛《くも》の糸が付着していた。

「……行ってみるか？」

「ああ、そうだな」

もし今の洞窟《どうくつ》にも山狩りの手が及んだら、次なる潜伏先を見つけないといけない。

次の潜伏先にできるかもしれない、とリノは思った。

嫌な予感がしたものの、二人は洞窟《どうくつ》の中へと足を踏み入れた。

洞窟《どうくつ》の中には凄惨な光景が広がっていた。

地面や壁のあちこちに蜘蛛《くも》の巣が張っており、ゴブリンやコボルトといった魔物が搦《から》めとられて干からびて死んでいる。

中には首や手足を食いちぎられ、臓物を撒き散らしている魔物の死骸もあった。

正確な数は分からないが、ざっと見る限り数十体はいると思われる。

「なあリノ。これ、やったの誰だと思う？」

「さあな……普通の魔物ではなさそうだな。見ろよ、この傷口。まるで鋭い牙で食い殺されたようだぜ」

「おお怖え。なあ、ここはおっかない肉食の蜘蛛《くも》の住処なんじゃねえのか？」

「……かもしれねえな。仕方ねえ、戻るか」

二人は用心しながら出入口まで戻ろうと後退する。

だがその時だった。背後で何かが蠢《うごめ》く音が聞こえてきた。

リノとアクセルはただならぬ気配に、咄嗟《とっさ》に武器を抜いて振り返る。

――洞窟《どうくつ》の暗闇の奥に、赤く光る複眼が禍々《まがまが》しく輝いた。

「な、なんだ、コイツは⁉」

アクセルが叫ぶ。それは身の丈三メートルはある巨大な蜘蛛《くも》の化け物だった。

全身は黒曜石のように黒く、びっしりと毛で覆われている。

背中からは八本の節のある脚が生えていて、頭部の真ん中には赤い瞳と思しき複眼が灯っている。

口からは紫色の鋭い牙、鋏角《きょうかく》が生えている。鋏角《きょうかく》にはゴブリンたちの血肉がこびりついていた。

――肉食の化《ば》け蜘蛛《ぐも》。

リノとアクセルは冒険者の勘で理解する。これは危険な存在だと。

蜘蛛《くも》の怪物は威嚇《いかく》するように叫ぶと、その巨体に似合わぬ素早い動きで突進してきた。

「跳べ、アクセル！」

「おう‼」

咄嗟《とっさ》にリノとアクセルは左右に散開して回避する。

そしてソードマスターのリノは、すぐさま剣を構えて反撃に入った。

【斬撃加速】を発動して蜘蛛《くも》の動きを捉える。

「死ねや！　――【エンドレス・ペイン】！」

リノの振るった刃が蜘蛛《くも》の腹部を切り裂き、その胴体に無数の大きな切り込みを入れた。

蜘蛛《くも》の体がビクンと痙攣《けいれん》し、傷口から紫の飛沫《しぶき》が噴き出す。

リノはさらに剣を振るい、蜘蛛《くも》の体を両断する。土埃を立てて蜘蛛《くも》は地面に崩れ落ちた。

近くで見る大蜘蛛《おおぐも》は、干からびたミイラのようにげっそりとしていた。

どうやら最初から弱っていたようだ。どのくらいの期間かは分からないが、長い間この洞窟《どうくつ》の中に閉じ込められていたのだろう。

元々はこの山のボスだったのかもしれないが、今は大した脅威ではないとリノは思った。

ということは、さっきの魔物たちの死骸は体力を取り戻すために捕食した物か……腐《くさ》ってもSランク冒険者だったリノは、瞬時にそう推察した。

「よし、やったか⁉」

「待てアクセル！　様子がおかしいぞ！」

リノの制止に、アクセルは慌てて飛び退く。

だが一瞬遅かった。霧となった紫色の飛沫《しぶき》がリノとアクセルを包み込む。

その霧を吸い込んだ二人は、全身が痺れたように動けなくなった。

「くっ……毒霧か……⁉」

「う、動けねえよ……！」

さらに蜘蛛《くも》は息も絶え絶えに糸を吐くと、リノとアクセルを搦《から》めとる。

二人は完全に動きを封じられた。

蜘蛛《くも》は二人ににじり寄る。赤い複眼の光が鈍くなっていた。命が尽きるまで、さほど時間が残されていないのだろう。

蜘蛛《くも》はリノの前に迫り、鋏角《きょうかく》の直後にある関節肢――【触肢】と呼ばれる部位をリノの口に捩《ね》じりこんできた。

「ぐふぉッ!?」

触肢はリノの口内を蹂躙し、舌を掴んで引きずり出す。

喉奥まで押し込まれて呼吸ができなくなり、リノは目を大きく開いて悶絶《もんぜつ》した。

物理的にも苦しいが、精神的にもおぞましい。あまりの気色悪さに吐きそうになる。

刹那、喉の奥にドロリと苦い熱い液体を流し込まれた。生臭くて苦い液体だ。

リノが液体を呑み込んだのを確認すると、蜘蛛《くも》は複眼を細めて笑い、触肢を引き抜いた。

「がはぁッ……ゲホッ、ゲホォオオッ!! おげええぇぇぇぇっ!!」

「お、おい、リノ、大丈夫かよ!?」

腹の奥に流し込まれたのは、白く粘ついた液体だった。

リノは嘔吐《おうと》しようとするが、胃の中に流し込まれた液体は一向に出てこない。

それどころか胸や腹が熱くなり、強烈な痛みが襲ってきた。

「あ、あが、あがががががっ!?」

「な、なんだコレ、一体どうなってんだ!?」

「ぐああああっ! あ、あつい、俺の体が熱いぃぃいいいっ!」

――次の瞬間、リノの体に変化が現れた。

瞳が赤く輝き、歯が紫色の牙へ変化していく。

全身を黒い毛が覆い、手足が伸びて、体が次第に膨張する。

リノを拘束していた蜘蛛《くも》の糸がブチブチと千切れる。

千切れた下から現れた体は、もはや人間とは言い難い姿になっていた。

元々あった四肢の他に、脇下や腰の辺りから四本の脚が生えている。

頭胸部には二本の触肢が生えて伸びる。

その姿は、目の前にいる蜘蛛《くも》の化け物と瓜二つになっていた。

「な、なんなんだよこれ……ッ!? リ、リノが……魔物に……ッ!?」

変わり果てたリノの姿に、アクセルは愕然として恐れ戦《おのの》いた。

蜘蛛《くも》の化け物は赤い複眼を光らせて、今度はアクセルへにじり寄る。

そして今度はアクセルの口に触肢を捩《ね》じ込んだ。

「ひっ！ やめ、や——あがあぁぁぁぁッ!!」

アクセルもリノ同様に粘つく液体を喉奥に流し込まれ、体が変貌していく。

……やがて十分も経つ頃には、洞窟《どうくつ》の奥には三体の蜘蛛《くも》の化け物が存在していた。

「キ……キキキ……ッ」

蜘蛛《くも》の化け物は二体の眷属《けんぞく》が誕生したのを見届けると、その場に崩れ落ちる。絶命したのだ。

今の一連の行動は最後の悪あがき——リノとアクセルは蜘蛛《くも》の化け物によって、体を作り替えられてしまった。

「う、うう……あぁ……」

まだ辛うじて人間の意識が残っているが、次第に頭の中が魔物の思考に塗り潰されようとしている。

リノとアクセルだった蜘蛛《くも》たちは、もはや理性を失いつつあった。


「が……あぁぁ……グガァ……」


──人間を襲いたい。食らいたい。貪り尽くしたい。

血の一滴に至るまで啜《すす》り、肉の一塊に至るまで貪り、骨の一片に至るまでしゃぶり尽くす。

それこそが魔物の本能。魔物の衝動。魔物の本懐だ。

二人は完全に自我を失った。リノとアクセルだった蜘蛛《くも》の化け物は洞窟《どうくつ》の外へ飛び出す。

外はすでに日が落ちかけていた。山の夜は早く、山道は暗い。

だがそんなことは関係ない。魔物となった二人は食欲に支配されていた。

そして現在、グストリー山では二人の指名手配犯を探すべく山狩りが行われている。

薄暗い山道にゆらめく松明《たいまつ》の光。

リノだった化け物はその明かりを見つけると、すさまじいスピードで駆けていった。

◇◆◇

グストリー山の山道では、地元の自警団の青年たちが山狩りを行っていた。

エリックという青年は、山裾の村で普段は農家として働いている。

彼は地元の村の仲間たちと五人組を組んで捜索していた。しかし用を足すために一旦仲間たちと別れて茂みに入った。

「そろそろ捜索を切り上げて帰りたいな……」

そもそもリノやアクセルという盗賊たちは、まだグストリー山に潜伏しているのだろうか。

麓《ふもと》の村で育ったエリックは、グストリー山が魔境であると知っている。

こんな場所で数日間夜を越せば、魔物の餌食《えじき》になってしまう。指名手配犯はもう死んでいると考えていいのではないか。

茂みから出たエリックは、仲間たちが待つ方角へ戻ろうとする。

だが、その時だった。薄闇に閉ざされた山道に、赤い光が鈍く煌《きら》めいた。

そしてエリックが声をあげる暇もなく、山道の向こうから巨大な二匹の蜘蛛《くも》が姿を現した。

蜘蛛《くも》の脚がエリックの頭を鷲掴みにする。

抵抗もできず、エリックはそのまま勢いよく地面に叩きつけられた。

「ぎゃあああああッ!!」

骨が割れる嫌な音が響く。エリックは激痛に絶叫を上げる。

蜘蛛《くも》の化け物たちはのたうち回るエリックを見て、複眼を細めて嗤《わら》った。

◇◆◇

――これで肉が柔らかくなった。食べやすくなった。

かつてリノだった蜘蛛《くも》の怪物は、手足があらぬ方向に曲がっている男にゆっくり近付いて口を開く。

鋏角《きょうかく》が大きく開き、紫色の毒々しい牙が人間の体に打ち込まれようとする。

だがそこで、ふと違和感を覚えた。

――あれ？　なんか、違う。なんだこれ。

――俺は何をしているんだ。これは、人間か。

――人間。人間だ。人間を食おうとしている。

――おれは、にんげんを、くおうとしているのか？

――おれじしんも、にんげんなのに？

化け物の衝動とリノの理性がせめぎ合う。

いくら悪党に堕《お》ちたとはいえ、人間を食べるのにはすさまじい生理的嫌悪感、抵抗が強い。

リノは嘔吐《おうと》する。全身が痒《かゆ》い。皮膚の下がムズムズする。体の内側が疼《うず》く。

まるで内側で何かが暴れまわっているような感覚だ。

その隙がエリックにとって幸いした。エリックの悲鳴に気付いた仲間たちが駆け寄ってくる足音が聞こえた。

「こ、こっちだ……助けてくれ……っ！」

その声に呼応するように、複数の松明《たいまつ》の光が近付いてくる。

「大変だ、エリックが蜘蛛《くも》の怪物に襲われているぞ！」

「みんな集まれ！　エリックを救出するんだ！」

自警団の人々が掲げる松明《たいまつ》には、魔物が嫌う香草の匂いが混ざっていた。

二体の蜘蛛《くも》はエリックと呼ばれた男を放り出すと、闇に閉ざされた森の中に姿を消す。

「大丈夫か、エリック!?　しっかりしろ、傷は浅いぞ!!」

「大丈夫だ、致命傷じゃない！　騎士団に分けてもらった回復ポーションを飲めばすぐに治るはずだ！」

「なんでもリゼットっていう有名な薬師が作った薬だ！　通常の三倍の効果があるというから大丈夫だぞ！」

森の中を進む蜘蛛《くも》の怪物は、足を動かしつつも背後の声を聞いていた。

「……ウゥ……リ、リゼ……ット……？」

それはひどく忌々《いまいま》しくもあるような、どこか懐かしくもあるような響きだ。

だが、その響きが何を意味するのかは分からない。いつ聞いたのかも思い出せない。

かつてリノとアクセルだった蜘蛛《くも》の怪物は、人間だった頃の記憶を塗り潰され、心まで蜘蛛《くも》の化け物に変貌していた。

# 第六章　スタンピード

その朝、王都キーラの騎士団兵舎に急報が届けられた。

「シグルド副団長！　朝食中に大変失礼しますが、急報です!!　グストリー山脈で山狩りをしていた自警団から連絡が入りました!!　一昨日未明、大型の蜘蛛《くも》の魔物が二体発生！　自警団員を襲って山奥に姿を消したとのことです!!」

シグルドが食堂でリゼットやユーリスと共に朝食を食べていると、部下が血相を変えて駆け込んできた。

その報告を聞くとシグルドは表情を引き締める。

「確かな情報なのか？」

「はい！　幸いにして、襲われた自警団員はリゼットさんが作ったポーションのおかげで一命を取り留めたようであります！」

「そうか、それは不幸中の幸いだが……蜘蛛《くも》の魔物はどうなった？」

「はっ！　未だ確認できていないとのことです。そして蜘蛛《くも》の化け物の出現以降、グストリー山の魔物に活性化の兆《きざ》しがあるようです。恐らく、先のミネア遺跡で起きたミノタウロス事件に近い現象が発生しつつあるのではないかと思われます」

ミネア遺跡のミノタウロス事件。それはリゼットの記憶にも新しい。

遺跡の奥に現れたボスの影響で周辺の魔物が活性化して、人々を襲い始めた。

そして冒険者や自警団では対処できなくなったため、騎士団に援助要請が来た。

王国の至剣と呼ばれるシグルド。天才王子と呼ばれるユーリス。究極の薬姫との異名を持つリゼット。そして王国騎士団の精鋭の協力があってミノタウロスを倒した。

まさか、またあの時と同じような事件が起きるのだろうか。

「魔物の集団暴走――スタンピードの危険性があるな……分かった。直ちに俺も現地に向かう。騎士団に出動準備の指示を出せ」

「はっ!!」

騎士が退室し、残されたシグルドは思案顔を浮かべる。

彼は騎士としての責務を全うする際には、真面目な顔つきになり威厳を纏う。

「……リゼットさんも同行してもらえませんか？　ミノタウロス事件はリゼットさんのご協力がなければ鎮圧できませんでした。それに貴女がいなければ、部下たちが何人も命を落としていたかもしれません。リゼットさんは俺が絶対にお守りします」

「はい、もちろんです。少しでも皆さんのお役に立てるなら、微力ながらも頑張ります」

「ありがとうございます。やはり貴女は最高の女性です！　勇気あるご決断に感謝します！」

リゼットが笑顔で答えると、シグルドはホッとした様子を見せた。

二人と一緒に朝食を食べていたユーリスも手を挙げる。

「当然、僕もいくよ。敵が未確認の魔物なら僕のシン・ステータス解析装置の出番だ。これには古代生物から最新の魔物に関する情報まで学習させてある。敵を分析し、倒す上できっと役に立つはずだ」

「助かります、ユーリス様。よろしくお願いします」

「任せてくれ」

こうして王国騎士団のグストリー山への出動が決まった。

リゼットはすぐに薬品工房で必要な薬品を荷物に詰め込む。

敵が未知の魔物なら、ヒュドラの時のように現地で薬を生成する必要があるかもしれない。

薬品を調合するための製薬道具も詰め込み、シグルドたちと一緒にグストリー山へ向けて出発した。

リゼットたちがグストリー山近くの村に到着した時、村の周辺には自警団や先に到着した衛兵団の天幕が張られていた。天幕のあちこちに負傷者が溢れ返っている。

「王国騎士団の皆様！　来てくださったのですね！」

「ああ、それで何があった？　まさか全員蜘蛛《くも》の怪物にやられたのか？」

「それもありますが……大半はスタンピードにやられました」

「まさか、もうグストリー山でスタンピードが発生しているのか？」

「はい……なんとか食い止めようと奮闘して、一時は抑え込めたのですが……恐らく時間を置いて次がやってくるでしょう……」

スタンピードの発生は魔素濃度の上昇によって引き起こされる。

魔素は強力な魔物、いわゆる【ボス】と呼ばれる存在が放つ。

周囲の魔物を暴走させる作用を持ち、普段は大人しくダンジョンの奥で暮らしている魔物も暴走して人間を襲うようになる。

通常はスタンピードが発生する前に、発生の予兆がある段階でボスを討伐するのが定石だ。

この前のミネア遺跡のミノタウロス事件がまさにそれだった。

ミネア遺跡ではスタンピードが発生する前にボスのミノタウロスを倒せた。しかし今回は――

「いくらなんでも、スタンピードまでの期間が短すぎる……常識的に考えてありえない事態だ」

「シグルド。これだけの短期間でスタンピードを発生させたとなると、その蜘蛛《くも》の怪物は相当厄介な魔物だ。先のミノタウロスの比じゃないだろう」

ユーリスも顔を曇《くも》らせてシン・ステータス解析装置で情報を検索する。

――すると該当データが見つかった。

「なんだって？　邪神【アトラク＝ナクア】……？」

「ユーリス様、なんですかそれは？」

シグルドの疑問にユーリスは頷き、解析装置に表示されたデータを読み上げる。

「約千年前に当たる太古の昔、グストリー山の奥深くに封印された伝説の邪神だ」

「じゃ、邪神!?」

「大型の蜘蛛《くも》の怪物で、糸を操り、巨大な巣を作って獲物を捕らえる。さらには口から猛毒の液体を吐いて相手を死に至らしめる。自分の分身を生み出す能力も持っているそうだ」

「太古の昔に邪神とまで呼ばれた存在なら、ボス級の魔物よりも大量の魔素を放つとしても不思議ではありません。短期間でスタンピードが起きたのも納得ですが……！」

シグルドは苦虫を噛み潰したような表情になる。

リゼットも不安になる。ユーリスは厳しい顔つきでシン・ステータス解析装置を睨《にら》み続けている。

邪神。それは約千年前、この地上に存在した古の邪悪なる神々。

強大な魔の力を操り、世界を支配しようとした。

だが人間を守護する精霊や神々との戦いに敗れ、地上を去ったと伝わっている。

「言い伝えによると、アトラク＝ナクアを殺すには、千年の封印が必要だそうだ」

「千年も!?」

「邪神を倒すのには手順が必要だそうだ。まずは千年間に渡る封印を行う。すると邪神の力が弱まり、人の手でも倒せるまでに弱体化するそうだ。そして邪神は聖なる力に弱い。だからアトラク＝ナクアは、世界樹のあるグストリー山の地中深くに封印された」

世界樹は聖なる力を持つ樹木だ。その下に封印するのは、確かに理に敵っている。

「当時の古代王家では、千年後にアトラク＝ナクアを討てと伝えられていたそうだ。だが幾年もの時の中で王朝や国の形が移り変わり、長い歴史の中で、単なる昔話として片付けられるようになった……」

この千年間で、いくつもの国が隆盛を誇っては滅びていった。

前王朝の名残を消すために、焚書《ふんしょ》や文化破壊が行われた歴史もある。

その中で「千年後にアトラク＝ナクアを討て」という言い伝えは徐々に忘れ去られてしまった。

ユーリスのシン・ステータス解析装置には、王家が管理する【禁書図書館】のデータも読み込ませてある。

禁書図書館には焚書《ふんしょ》を逃れて保管された稀覯書《きこうしょ》の類もある。おかげでアトラク＝ナクアの該当情報が見つけられた。

「……しかし、おかしいな。伝承だと封印されたアトラク＝ナクアは一体だけだが……」

「ユーリスさん、もしかすると【分身】ではないでしょうか？」

「なんだって、リゼット？」

「さっきデータにありましたよね。アトラク＝ナクアは分身を生み出す能力も持っていると」

「そうか、なるほど。その線も考えられるな」

「分身ですか、それならば攻略法があるかもしれません！」

リゼットとユーリスの言葉に、シグルドの表情が明るくなる。

「魔物の分身体は弱く、倒すと本体が弱体化するという特徴があります。太古の邪神も同じ性質なのかは未知数ですが、一つ希望が見えましたね」

「ああ。蜘蛛《くも》のどちらが本体かを見極め、まず分身を叩く。その次に本体だ」

「そうと決まれば、早速作戦会議を始めるぞ！」

シグルドの号令の下、天幕に騎士団・衛兵団・自警団を集めて作戦会議が開かれる。

王都の冒険者たちによる義勇軍も到着した。その中にはメイラやジュエルの姿もあった。

鎮圧作戦の内容自体はシンプルだ。

騎士団・衛兵団・自警団・冒険者の混成軍が布陣を組み、グストリー山裾野でスタンピードを迎え撃つ。

陣形は基本的な横陣で、部隊を横一列に並べる。魔物は一匹たりとも突破させてはいけない。

突破させれば背後には村落が広がっている。

この辺りの畑は王都に卸される貴重な食材を生産している。

大きな被害が出れば、来年の王都では飢餓が発生するだろう。

「衛兵団は右翼を、冒険者たちは左翼を、王国騎士団は中央を担当する。自警団は各陣営に必要な人員配置をこちらで決定させてもらう。いいか、敵の侵入を絶対に許すな！　一匹たりとも人里に魔物を入れてはならない！」

「はっ!!」

シグルドの言葉に、混成軍の面々が声を揃《そろ》えて威勢よく答えた。

「リゼットさん。貴女は俺と一緒の部隊に配置します。つまり陣中央、もっとも危険が高い場所となりますが……よろしいですか？」

「はい、もちろんです。もっとも危険な場所なら、私の薬が一番必要になりますよね。問題ありません」

「ありがとうございます」

リゼットも覚悟を決める。そんな彼女を見てシグルドは少し微笑んだ。

「次に、スタンピードを凌《しの》いだ後の作戦だ。精鋭がグストリー山に入り、敵のボスであるアトラク＝ナクアを一気に叩く」

「太古の邪神を倒せるのでしょうか……？」

「リゼット、その点は心配ないよ。今のアトラク＝ナクアは大幅に弱体化しているはず。世界樹の根元で千年間封印されていたから、かなり弱っているはずだ」

リゼットの不安にユーリスが答える。

その言葉にはリゼットだけではなく会議に参加している全員が安堵した。

「これは迅速かつ隠密に行わなければならない作戦だ。よって少数の腕利きのみの参加となる。もちろん俺は行く。今の内に残りのメンバーと、俺が抜けた後の指揮官を決定しておこう」

シグルドはテキパキと指示を出していく。

騎士としての彼は非常に有能だ。腕が立つだけではなく、大勢を統率して指揮する能力もある。

シグルドと共にアトラク＝ナクアを叩く別動隊のメンバーには、ユーリスやリゼットも選ばれた。

危険な場所に王子であるユーリスを連れて行くことになってしまうが、装置を使いこなす彼が同行することは利点が大きい。

「ではすぐに出発するぞ！　全軍、出撃せよ!!」

こうしてシグルド率いる鎮圧部隊は布陣して、迫りくる魔物の群れに備えた。

――地鳴りに似た音が、周囲に響く。

グストリー山から黒い波のように、魔物の集団が裾野めがけて雪崩《なだ》れ込んでくる。

グストリー山の生態は多様であり、出没する魔物もさまざまだ。

ゴブリン、コボルト、オークといった比較的討伐難易度の低い魔物。オーガ、トロールといった巨躯《きょく》の魔物。

顔は人間の女、体は鳥で怪音波を発するハーピー。体長数メートルはある巨大な肉食の鳥・ロック鳥。

自立歩行する巨大な木の魔物・トレントに、食人植物のマンイーター。蛇の体に鶏の頭を持つバジリスク。魔力で強化された狂暴な大柄のキラーベア。

普段は洞窟《どうくつ》の中や森の奥で暮らしている魔物が、一斉に押し寄せてくる。

「魔物が来るぞ！　弓兵、構え！」

「魔法部隊も詠唱開始します!!」

冒険者や衛兵団、自警団員の中でも魔法が扱える人々を集めた部隊が、大規模な魔法を協力して放つ準備を始める。彼らの詠唱が終わるまでの間、他の舞台が時間を稼ぐ。

「――よし、今だ！　弓兵隊、放て!!」

混成軍はグストリー山の裾野に布陣している。

総指揮官を務めるシグルドの命令により、遠距離攻撃を得意とする部隊が一斉に矢を放った。

その中にはリゼットの姿もあった。

リゼットはユーリスに改良してもらったアタッチメントをスリングショットに設置し、自作した【点火弾】を矢に括《くく》りつけて放つ。

【引火液】は【火付け石】の粉末や【発火草】、そしてアルコール度数を可能な限り上げた【蒸留酒】や、鉱山で採掘された石炭で作った【鉱油】などで作られている。

弓矢部隊の中には、リゼットの他にも点火弾を飛ばしている人もいる。

弓矢が雨のごとく降り注ぎ、魔物たちに突き刺さる。

威力が弱く、絶命に至る数は少ない。だがそれでいい。

点火弾の瓶が割れて、入っていた特製の引火液が魔物たちの足元に広がる。

「――今だ！　魔術師部隊、右翼・左翼の順番で魔法を放て！」

「はっ！　【ファイアーウォール】！」

まずは右翼から放たれた炎の魔法が、魔物の先陣を焼き払う。

炎は足元に広がった液体に引火して勢いを増し、火柱が魔物の群を包み込む。

リゼット特製の引火液は、火がつくと瞬時に高温の炎を広範囲に広げる。

魔物の群れは悲鳴を上げながら炎に包まれた。

そこに間髪を容れずに、今度は左翼から水の魔法が放たれた。

「【アクア・スプラッシュ】‼」

威力自体はさほど高くない魔法だが、今回はそれでいい。

燃え盛る高温の炎が水を瞬時に蒸発させ、水蒸気爆発が起きる。群れは吹き飛ばされ、爆発の中央にいた魔物はバラバラに砕け散った。さらに爆発の衝撃で引火液が、火に苦しむ魔物の群れの中に飛散する。

これにより被害が拡大していった。

「おお！　すごい効果だね、リゼット！」

「ユーリスさんのおかげです！　私の作った引火液と魔法を組み合わせて相乗効果を生み出す計画を立てたのは、ユーリスさんですもの」

「リゼットさん、あちらの敵も頼みます！　弓兵、構え！　——放てッ!!」

「はい!!」

シグルドの号令に、ただちにリゼットは準備する。

改良型スリングショットに点火弾を装填《そうてん》して撃ち出す。

リゼットの放った点火弾は一直線に飛び、右翼で燃え盛っている火炎の中に飛び込んだ。

たちまち激しい火炎の渦《うず》が巻き起こる。さらに立て続けの水蒸気爆発。

魔物たちのいる地面はグショグショに濡れ、辺りには水蒸気が漂《ただよ》っている。

機が熟したのを見計らい、シグルドは待機させていた中央の魔法部隊に号令を出した。

「魔法部隊、雷魔法を放て!!」

「はい！　——【サンダー・ストーム】！」

シグルドの号令と同時に、杖を構えた魔術師たちが呪文を唱え始める。

そして魔物の群れに向かって一斉に雷の魔法を放った。

魔物たちは魔法攻撃を受け、全身が濡れている。

ぐっしょりと水を浴びている。足元にも水が広がっていた。つまり電気を通しやすくなっている。

そこに雷魔法の攻撃を一斉に食らう。サンダー・ストームは高威力の雷魔法だ。

雷の渦《うず》が魔物たちを包み込む。上空を飛んでいたハーピーやロック鳥も漏れなく巻き込まれる。

通常の威力でさえ大ダメージを食らうのに、今の魔物たちにとってはこの上ない脅威だ。

魔物の断末魔の叫びが響く。彼らは黒焦げになって次々と倒れていった。

リゼットの引火液と炎魔法、水魔法、雷魔法を利用する作戦を考案したのはユーリスだ。

ユーリスの策は見事に功を奏し、スタンピードの前衛に大きな穴を空ける。

時間にして、わずか十数分間。たったそれだけの短時間で大量の魔物が倒された。

これには残った魔物たちも怯《ひる》んだようだ。

「敵は恐れをなしている！　今のうちに敵中に斬り込むんだ！　一気にケリをつけるぞ、皆は俺に続け！」

「はい、シグルド様!!」

シグルドが檄《げき》を飛ばすと混成軍の士気がさらに上がる。

シグルドが先陣を切って敵の中へ突入していく。

彼に続く混成軍も剣や槍、各々の武器を構えて後に続いた。

最前線は混戦となり、乱戦となった。しかし人間側が有利だ。

なにせ魔物たちは出鼻を挫《くじ》かれ、数が大きく減らされている。

それに対して人間側は最初の作戦が大成功で、この上なく士気が高揚している。

それにスタンピードにいる魔物たちの大半は知性が低く、戦術を知らない種ばかり。ただ本能のままに人間たちを食い殺そうと襲ってくる。

混成軍はまず精神面で圧倒した。さらにシグルド率いる精鋭が、徐々に敵の数を減らしていく。

「秘剣・【獣崩し】!!」

シグルドは愛馬に跨《また》がったまま大剣を振りかざす。

力強い一閃が衝撃波を伴って魔物の群れを襲う。

シグルドの攻撃の軌跡上にいた数十体の魔物が一気に弾き飛ばされ、薙《な》ぎ倒《たお》され、斬り払われた。

まさに獣崩しだ。空白ができた箇所にシグルドは突入する。さらに奥でも同様の動きで魔物たちを倒していく。

「すごい……さすがシグルド副団長だ！」

「あれが王国の至剣……クラネス王国の英雄だ！」

シグルドの圧倒的な強さに混成軍は勇気付けられ、勢いを増してスタンピードに突入していく。

反対に魔物たちはすっかり怯《おび》え、直接戦うのではなく逃げようとする。

シグルドが追撃を命じると、混成軍は魔物を追って走り出した。

逃げまどう魔物の背中に、騎士たちは容赦なく刃を突き立てる。

ここで逃がせば後で人を襲うかもしれない。それだけは防がなければならない。

もはや戦局は決した。今や裾野の戦いは、人間側の一方的な狩場になっていた。

――一時間後。周囲には無数の魔物の残骸《ざんがい》が転がっていた。

スタンピードの第一波は完全に抑え込めた。そう判断したシグルドはふっと息を吐き、背後の仲間たちを振り返る。

「スタンピード鎮圧第一次作戦は成功した。皆のおかげだ、よく尽力してくれた!」

シグルドの言葉に歓声があがる。

彼はこの場において誰より求心力があり、中心人物となっていた。

この場には騎士、衛兵、自警団、冒険者とさまざまな人間がいる。今や立場に関係なく、誰もがシグルドを指揮官と認めて仰いでいた。

「これより作戦は次のステージに移行する。俺は別動隊を率いてグストリー山に入る。この地の指揮はクロード、ヘルソン、お前たちに任せる。後は頼んだぞ」

「はっ! 承知しました!」

「シグルド副団長、ご武運を!」

シグルドは己の副官の騎士二人を新たな指揮官に任命する。

シグルドが抜けても指揮が乱れないようにするためだ。シグルドの決定である以上、異論を唱える者は誰もいない。

「シグルドさん、やっぱりすごい人なんだ……」

リゼットは思わず感嘆の声を漏らした。

王国の至剣はまさに一騎当千だった。

日頃は残念なところもある彼だが、戦っている時の姿は文句なしに英雄そのものだ。

そこへ魔法部隊と一緒に戦っていたメイラとジュエルが駆け寄ってくる。

「リゼット！　無事だった⁉」

「はい、メイラさん。ジュエルさんもお怪我《けが》はありませんか？」

「きゃはっ、全然平気〜！　リゼットちゃんたちのおかげで楽勝だったよ〜！」

「良かったです……！」

お互いの無事を確かめ合い、ほっとしたのも束の間。

アトラク＝ナクア退治に向かうメンバーに選ばれているリゼットは、すぐにシグルドたちのもとに向かう必要があった。

「メイラさん、ジュエルさん、後はよろしくお願いします」

「ええリゼット、頑張ってきてね！」

「アトラク＝ナクアだかなんだか知らないけど、リゼットちゃんたちなら倒せますよ〜！」

「はいっ！」

リゼットは二人に別れを告げて、ユーリスと共にシグルドの本隊と合流する。

そしてシグルドに連れられ、グストリー山の麓《ふもと》に入っていく。

目標は、今回のスタンピード騒動の原因と思しきアトラク＝ナクア。

現代の英雄が古の邪神退治に向かう姿を、混成軍は見送った。

裾野の戦いが始まる前に、グストリー山には別動隊として隠密行動が得意な遊撃隊を調査に入れてある。

シグルドたちは山の入り口で遊撃隊と合流する。彼らが調べたアトラク＝ナクアや他の魔物の動向を聞く。

「アトラク＝ナクアは洞窟《どうくつ》の中で生息しているようですが、時折外に出てきては食事をしています」

「食事？　どんな方法で？」

「肉食の蜘蛛《くも》らしく、魔物を食らっている現場を確認しました。しかもオーガやグリーンリザードといった大型の魔物を大量に捕食していました。これはかなり危険です。このままではグストリー山の生態系が崩れてしまいます」

「なるほどな。単に魔素にあてられて暴走しただけではなく、アトラク＝ナクアから逃げようとしてここまで大規模なスタンピードになったのかもしれないな」

「そうだと思われます。我々はリゼットさんの作った【匂い消しのミスト】を使っていたおかげで魔物たちに見つけられず調査を行えました。ありがとうございます」

遊撃隊の隊長がリゼットに礼を言う。

匂い消しのミストは、魔物や獣、鼻のいい人間にも匂いを感知されなくなる薬品だ。

魔物を遠ざける退魔の香水とは違い、匂いを感じ取られなくなる効果を持っている。

だが気配そのものを消すことはできないので、目視されればアウトである。

魔物に遭遇したくないだけなら退魔の香水。

隠密行動に自信があって、あらゆる対象から存在を隠したい場合には匂い消しのミスト。

そうやって使い分けられる。

「それでアトラク＝ナクアの居場所はどこだ？」

「グストリー山の地下にある【地底湖】を根城としているようです。食事を終えたアトラク＝ナクアが二体とも地底湖へ戻るのを確認しました。地底湖に繋がる洞窟《どうくつ》はこちらです。ご案内します！」

「よし、いこう！」

シグルドは部下を連れて、遊撃隊に先導されて山道を進む。

リゼットやユーリスも後に続いた。その道中でリゼットは、ユーリスが浮かない顔をしているのに気が付いた。

「どうしたんですか、ユーリスさん？」

「……ん？　ああ、ちょっと考えごとをしていただけだよ」

「何か気になることでもあるんですか？」

「まあね……リゼット、アトラク＝ナクアは二体いると聞いたよね」

「はい」

「さっきは片方が分身だと考えていたけど、シン・ステータス解析装置で情報を集めるうちに別の可能性も浮かんできた。……アトラク＝ナクアは、何らかの方法で眷属《けんぞく》を増やしたんじゃないか、とね」

「……眷属《けんぞく》？」

「自らに仕える下僕の種族だ。太古の昔、他種が眷属《けんぞく》に作り変えられた例もあるらしい。眷属《けんぞく》は邪神によく似た姿形をしているが、邪神ではなく魔物に相当するそうだ。ただし眷属化《けんぞくか》する際に、邪神の力の一部を与えられるから、元の種族と比較すると信じられないほど強くなる。どうだろう、可能性としてはありえ得るんじゃないか？」

「確かに……。もし本当にそうなら、とんでもない脅威になりますね」

グストリー山にいるすべての魔物がアトラク＝ナクアの眷属《けんぞく》に作り替えられた光景を想像して、リゼットは背筋が寒くなる。だがユーリスの想像は、さらに上をいっていた。

「もし僕の読みが当たっていたら、戦っている最中に僕たちが魔物にされる可能性だってあるかもしれない」

「わ、私たちが魔物に……!?」

「ここへ来るまでの間、もう一度シン・ステータス解析装置に読み込ませたアトラク＝ナクアのデータを精読してみた。すると邪神の供物に捧げられた人間の女性が【灰色の織り手】と呼ばれる蜘蛛《くも》の化け物に変貌したとの逸話が見つかった。ただし蜘蛛《くも》に作り変えられた人間の方は、アトラク＝ナクアとは違い人間の手で倒せたそうだ。これらのことから邪神であるアトラク＝ナクアと眷《けん》属《ぞく》である魔物は、本質的には別物だと判別できる」

「そんな……」

「僕の読みが当たっているのなら、シグルドが魔物にされる可能性だってあるんだ」

ユーリスの言葉にリゼットは衝撃を受ける。

だがユーリスの言う通りなら彼の懸念はもっともだ。

突如シグルドが魔物化するなんていう事態になれば、形勢は一気に逆転してしまう。

「そ、それは困ります！」

「僕も同じ気持ちだ。みんなにも注意しておこう。そして僕たち後方支援のメンバーは敵の動きをよく見て、怪しい行動をしていないか目を光らせておくんだ」

「分かりました！」

「それと――」

「それと？」

「人を魔物に作り替える方法が、呪術なのか魔法なのか、はたまた毒なのかは分からない。だが呪術なら聖水系のアイテムが、毒なら解毒系のアイテムが効くかもしれない。リゼット、その手のアイテムは持っているよね」

「もちろんです。先日グストリー山に登った時に採取した世界樹の葉で霊薬《エリクサー》を作ったばかりです」

ダリオの騒動があって報告するのが遅れていたが、リゼットは薬品工房でいつも通りに仕事をこなしていた。

その中で【霊薬《エリクサー》】の精製に成功した。世界樹の葉は傷みやすいので早いうちに調合する必要があった。

「霊薬《エリクサー》か。どんな状態異常にも効く薬だね。リゼットが作ったのなら、さらに良い効果があるかもしれない」

霊薬《エリクサー》は、高額かつ稀だが道具屋で売られていることがある。

しかし原材料の世界樹の葉は、日数経過で傷んでいる場合がほとんどだ。新鮮な世界樹の葉で、しかも調合スキルＳＳＳのリゼットが作った霊薬《エリクサー》となると、効果は未知数だ。

「他にも特殊な毒を食らった時に備えてその場で調薬できるように、製薬道具も一式持ってきています」

「さすがリゼット、用意周到だね。万が一の時は、すぐに薬作りを始められるように心の準備を整えておいてほしい」

「心得ました」

リゼットはユーリスの指示を聞き、深く頷いた。

しばらく歩いて、シグルドたちは地底湖の入口に繋がる洞窟《どうくつ》へと辿《たど》りつく。

地獄の底に繋がる深淵。

そんな印象を抱く場所だった。

中は暗闇に包まれていたので、混成軍の中にいた魔術師が辺りを照らす魔法を発動させた。

リゼットも、魔道ランタンに以前作った【ホタル花のオイル】を入れて使う。

洞窟《どうくつ》内が柔らかい光で照らし出された。

一行は順調に地底湖まで下っていく。一時間ほど歩いた頃、ぽっかりと開いた空洞が見えてきた。

空洞からは薄緑色の光が漏れている。

「あの光は……」

「地底湖の光です。地底湖は魔力を含む湖なので、闇の中で自然発光するのです」

「なるほど」

「地底湖のほとりでアトラク＝ナクアが休んでいます……」

遊撃隊の一人が指を差す先には、巨大な光る地底湖。

そのほとりには、寝そべる巨大な二匹の蜘蛛《くも》の姿があった。

シグルドたちは慎重に近づき、岩壁に身を隠しながら覗き込む。

一匹は全長三メートル前後、もう一匹は五メートルぐらいありそうだ。

全身が黒い毛に覆われていて、胴体に八本の脚が、頭部には二本の触肢が生えている。

さらに触肢の内側には鋭い牙が覗いている。

牙は血に塗れていた。食い殺した魔物の血だろうか。

この二体がグストリー山に現れた大蜘蛛《おおぐも》の怪物。

スタンピードを引き起こした原因であることは間違いない。

「眠っているようですね」

「よし、今のうちに倒すぞ……総員、攻撃開始！」

シグルドは号令を出し、混成軍は一斉に武器を構えた。

シグルドは大剣を振りかざし、一気に斬りかかった。

だがシグルドたちの気配を察したのか、アトラク＝ナクアはカッと目を見開く。薄闇の中、血のように赤い複眼が鈍く煌《きら》めいた。

二体の大蜘蛛《おおぐも》は跳躍して天井に張り付く。シグルドの大振りの攻撃は空を切った。

大蜘蛛《おおぐも》は立て続けに糸を吐いた。シグルドは素早い動きで回避するが、彼の配下にある混成軍は糸に搦《から》めとられて動きを封じられてしまう。

搦《から》めとられた混成軍が混乱する中、二体の蜘蛛《くも》の怪物が別行動を取り始める。

大きい蜘蛛《くも》はシグルドに、比較的小さい蜘蛛《くも》は動きを封じられた混成軍に飛びかかってきた。

小さい蜘蛛《くも》は動けなくなった一人の衛兵の前に立つと、頭胸部に生えた触肢を伸ばす。

「ひっ……！」

「炎のフラスコ!!」

最後尾で身を隠していたリゼットが、スリングショットでアトラク＝ナクアを攻撃する。

炎のフラスコがアトラク＝ナクアに直撃して炎が着火する。

アトラク＝ナクアは後退し、体を振って炎を消した。

その間にリゼットは糸に搦《から》めとられた人々に【中和剤】を撒いて回る。

蜘蛛《くも》の糸の粘着力が弱まって、混成軍が自由になった。

蜘蛛《くも》の糸から自由になった混成軍は即座に態勢を立て直す。

「助かりました、ありがとうございます!!」

「いえ、皆さんが無事で良かったです」

「リゼット、ナイスだ！　この調子でいこう！」

「はい‼」

混成軍は隊伍《たいご》を組んで大蜘蛛《おおぐも》に対処する。前方ではシグルドが一人で巨大蜘蛛《きょだいぐも》と戦っていた。

大剣による剣技や魔法を繰り出すが、巨大蜘蛛《きょだいぐも》は体躯に似合わぬ俊敏性で回避する。

外れた攻撃が岩壁や洞窟《どうくつ》の天井を抉《えぐ》る。

地下の閉ざされた空間で大技を連発するのは危険だと判断したのか、シグルドの攻撃の手が弱まり防戦一方になる。

その間もユーリスは、シン・ステータス解析装置でアトラク＝ナクアを分析していた。

「ふむ、やっぱりこの二体には力量の差があるようだ。巨大蜘蛛《きょだいぐも》が全体的にレベルもステータスも高い。……ん？　おい待てよ、そんなバカな……？」

「どうしたんですか、ユーリスさん⁉」

「……おいおい、本当にそんなことがあるのか？　いや、でも……」

ユーリスはぶつくさと呟きながら分析を続ける。

その間もシグルドは大蜘蛛《おおぐも》の相手を続けている。

「リゼットさん、俺に抗麻痺薬《こうまひやく》をください！」

「分かりました、シグルドさん！」

シグルドの要請に応え、リゼットは抗麻痺薬《こうまひやく》を飛ばす。受け取ったシグルドが一気に飲み干す。

体力が回復し、戦闘中に食らった麻痺毒《まひどく》も消える。

「ありがとうございます！　さあ、持久戦でいくぞ！」

シグルドは大剣を振るい、巨大蜘蛛《きょだいぐも》の攻撃を弾き返す。

彼は巨大蜘蛛《きょだいぐも》相手に一歩も引かない戦いを繰り広げていた。

「……よし、大体分かった」

ユーリスが分析を終えてリゼットに向き直る。彼は神妙な表情になっていた。

「リゼット、聞いてくれ。あの二体の大蜘蛛《おおぐも》はやっぱり元人間だ。アトラク＝ナクア本体ではなく、この地に封じられていたアトラク＝ナクアにより眷属《けんぞく》とされた人間――灰色の織り手にされた人間のようだ」

「に、人間……!?　あの蜘蛛《くも》たちが!?」

「そして二体の大蜘蛛《おおぐも》と、ベースとなった人間のデータが一致した。あの二体の蜘蛛《くも》と一致したデータは――リノとアクセル。元【鈍色の水晶】のメンバーで、キミを追放した後に盗賊になった二人だ」

「――――ッ!!」

リゼットは言葉を失う。

今となっては、あの二人にいい思い出はない。

だけど、かつての仲間が蜘蛛《くも》の化け物になって目の前に現れるなんて……

「山に身を潜めていた彼らは、恐らくアトラク＝ナクアと遭遇したのだろう。そして肉体を灰色の織り手に作り変えられ、魔物と化してしまった」

シン・ステータス解析装置のデータによると、灰色の織り手に作り変えられた人間の女性は自我や記憶を失い、理性のない魔物と化していたそうだ。

「では、あの二体は私のことも認識できないのですか？」

「……ああ。魔物としての本能に支配されて人を襲い、オーガやリザードを食らっている。もはや人間としての理性など残っていないだろう」

その言葉を聞き、リゼットの顔から血の気が引いていく。

「そ……それなら、本物のアトラク＝ナクアはどこへ行ったんですか⁉」

「分からない。どこかに姿を潜めているのかもしれないし、あるいは――」

「あるいは？」

「リノやアクセルが倒したという可能性も考えられる。データによるとアトラク＝ナクアが封印されてから千年以上が経っているから、人の手でも倒せる程度に弱体化している。そしてリノとアクセルは腐《くさ》ってもSランク冒険者だった男たちだ。彼らがアトラク＝ナクアを邪神とは知らず、ただの魔物だと思って退治した可能性もあるだろう」

確かにあの二人は強かった。アトラク＝ナクアがダンジョンのボス級魔物以下にまで弱体化していたのなら、倒した可能性もあるだろう。

「だが今は、本物のアトラク＝ナクアがどうなったか考える段階じゃない。まずは目の前の脅威を排除しなければならない。……あの二人を倒すんだ」

「！　で、でも、あの蜘蛛《くも》たちは、リノさんとアクセルさんなんですよね⁉」

「リゼット、これはもう避けられない事態なんだ。割り切るしかないんだ。あの二人をこのまま放置すれば、魔物として多くの犠牲を出してしまう」

「……ユーリスさん……」

「あの二人のことを思うのなら、これ以上の被害が出る前に倒すべきだ！」

リゼットは目を閉じて、ユーリスの言葉を反芻《はんすう》する。もう一度目を開いた時、彼女の覚悟は決まっていた。

「分かりました、覚悟を決めます」

リゼットはユーリスの言葉を噛み締めるように、ゆっくりと首を縦に振った。

そして腰に差していたスリングショットを再び手に取る。

「私は【鈍色の水晶】所属の調合師でした。あの蜘蛛《くも》たちがリノさんとアクセルさんなら……かつての仲間である私が、貴方たちを止めてみせます！」

リゼットは二体の蜘蛛《くも》を見据えて宣言した。

前方ではシグルドと巨大蜘蛛《きょだいぐも》の戦いが、決定打のないまま膠着《こうちゃく》していた。

シグルドは巨大蜘蛛《きょだいぐも》を斬りつけ、巨大蜘蛛《きょだいぐも》もシグルドを噛む。シグルドの体に蜘蛛《くも》の猛毒が打ち込まれる。

「くっ……！」

「シグルドさん！」

「……この程度の毒、何でもありません！　毒を食らおうが、手足を引き千切られようが、命ある限り俺は戦い抜いてみせます！」

猛毒に蝕《むしば》まれてもなお、シグルドは攻撃の手を休めない。

その気迫には巨大蜘蛛《きょだいぐも》も気圧されたようだ。毒を食らっても倒れないシグルドの動きは、予想外だったのだろう。

シグルドの一撃が巨大蜘蛛《きょだいぐも》の足を薙《な》いだ。巨大蜘蛛《きょだいぐも》の絶叫と共に、足が一本切断される。

切断された足は弧を描いてリゼットたちのすぐ近くに落ちてきた。

切断面から紫色の液体が滴《したた》っている。

リゼットはそれをすぐに回収して、持ってきた道具を取り出して調合を始めた。

毒生物の猛毒には、本体が持つ毒液で作った特効薬が効く。

リゼットはシグルドたちと初めて出会った時を思い出していた。

蜘蛛《くも》の足から紫色の毒液を採取して解毒薬を作る。

前方ではシグルドが巨大蜘蛛《きょだいぐも》と、後方では混成軍が大蜘蛛《おおぐも》と激闘を繰り広げている。

そんな中でもリゼットは集中力を乱されることなく、解毒薬を作り続けた。

「……できた！　シグルドさん、今解毒薬を投げます！　受け取ってください！」

「ありがとうございます、リゼットさん!!」

リゼットは完成した解毒薬をフラスコに詰め、スリングショットでシグルドめがけて飛ばした。

アタッチメントがついた改良型ではなく、アイテムを投げるのに特化した改良前のスリングショットだ。

シグルドに接触したフラスコが砕け、解毒薬が彼の全身を包む。

次の瞬間、彼の動きは格段に良くなった。

体力消耗と猛毒攻撃の対策は、リゼットが作る薬のおかげで解決した。

巨大蜘蛛《きょだいぐも》の動きは、戦いを通してパターンを掴んでいた。

その結果、シグルドは易々と攻撃を回避できるようになった。

もはやシグルドに攻撃が通じないと悟って、巨大蜘蛛《きょだいぐも》はシグルドではなく他の仲間を狙おうとする。

だが、そんな真似をシグルドが許すはずもない。

「戦いの最中、この俺に背中を見せるなど、言語道断だ!!」

シグルドの大剣がさらに舞い、巨大蜘蛛《きょだいぐも》の足を切断していく。

巨大蜘蛛《きょだいぐも》は激痛に悲鳴を上げる。だがシグルドは手を休めない。

頭部の触肢を切り落とすと、今度は巨大蜘蛛《きょだいぐも》の胴体に攻撃を開始した。

しかしいくらシグルドが攻撃しても、巨大蜘蛛《きょだいぐも》は驚異的な生命力で耐え続けている。

それどころか、足を切断したばかりの傷口からボコボコと泡が噴き出すと、そこから新しい足が生えてきた。

「なっ、再生能力を持っているのか!?　くっ……このままでは埒《らち》が明かない……！」

「シグルドさん、避けてください！　薬を飛ばします！　――【ダークポーション】!!」

「リゼットさん！　了解です！」

シグルドが躱《かわ》すのと、彼がいた軌道線上にリゼットのダークポーションが矢と共に飛んでいくのはほぼ同時だった。

初めてティムールの森でシグルドたちに会った時。

あの時戦ったヒュドラは猛毒を持つ生物で、再生能力を有していた。その再生能力を封じることができたのが勝因の一つだ。

だったら今回も同じことをすればいい。だが洞窟《どうくつ》内で火を使うのは危険だ。

そう判断したリゼットは、以前作っておいたダークポーションを使おうと決めた。

シグルドは瞬時にリゼットの意図を見抜いたようだ。息の合ったタイミングで回避する。

巨大蜘蛛《きょだいぐも》は咄嗟《とっさ》に避けることもできず、複眼の一つにダークポーションごと矢を受けた。

「ダークポーションはヒュドラの毒液で作った持続性の高い毒薬です！　食らった相手に断続的なダメージを与えます！　効いている間は蜘蛛《くも》の再生能力を防げるはずです！」

「ありがとうございます！　――さあ、その身で贖《あがな》え！　秘剣・【神威斬】!!」

シグルドは目にも止まらぬ速さで連続斬撃を繰り出す。

一瞬で蜘蛛《くも》の足がすべて切り落とされた。

足を失った巨大蜘蛛《きょだいぐも》はバランスを崩し、地響きを立てて地面に倒れる。

シグルドは倒れた巨大蜘蛛《きょだいぐも》の腹に大剣の刃を突き立てた。

「ギイィィッ!!」

巨大蜘蛛《きょだいぐも》は大きく痙攣《けいれん》するが、やがて動かなくなった。

混成軍が戦っている大蜘蛛《おおぐも》は、巨大蜘蛛《きょだいぐも》が倒れたのを見て動揺したようだった。見るからに動きが悪くなる。

そこへ混成軍が一気に攻撃する。リゼットも薬を飛ばす。

リゼットが投げたアイテムはすべて命中する。

大蜘蛛《おおぐも》の全身が焼かれ、痺れ、再生不可能になり動けなくなった。

「よし、今だ！　総攻撃開始！」

シグルドの号令の下、混成軍が一斉に動き出す。

それぞれの武器を手に取り、一気にトドメとばかりに大蜘蛛《おおぐも》を攻撃した。

大蜘蛛《おおぐも》は抵抗するが、多勢に無勢でなす術はない。

——ほどなくして、蜘蛛《くも》は二体とも動かなくなった。

「や……やった!!」

「ついにやったぞ！」

「俺たちの勝利だ!!」

皆は歓喜の声を上げ、勝利の喜びを分かち合う。シグルドはリゼットの下に駆け寄る。

「リゼットさん、無事ですか!?」

「はい、平気です。シグルドさんこそ大丈夫ですか？」

「問題ありません。リゼットさんの援護のおかげで助かりました。貴女がいなければ俺は死んでいたでしょう。リゼットさんは命の恩人です」

シグルドとリゼットはお互いの無事を確かめ合う。

混成軍のメンバーも抱き合って喜びを表していた。

そんな中でユーリスは倒れた大蜘蛛《おおぐも》たちに歩み寄る。

大蜘蛛《おおぐも》たちはもはや足一本動かす余力もなく、呼吸も次第に弱まっていた。このまま放置すれば数分後には絶命するのは明らかだ。

「さて、どう始末をつけるかな……」

アトラク=ナクアの眷属《けんぞく》二体。ユーリスはこの二体を死なせることに躊躇していた。

この二体は、元々人間だった。

リノとアクセル。リゼットを理不尽に追放し、他の冒険者や市民に迷惑行為を働き、ギルドを追放された後は盗賊にまで身を落とした。

それは断じて許されない行いである。

だが彼らの罪は、あくまで人間として裁かれるべきではないか?

ユーリスはシン・ステータス解析装置を見下ろす。そこにはある解析結果が表示されていた。

彼は小さくため息をつくと、リゼットを呼んだ。

「リゼット」

「なんでしょうか、ユーリスさん」

「キミは先日、世界樹の葉を使って霊薬《エリクサー》の調合に成功したと言っていたね」

「はい、今も持っていますよ」

「なら、この大蜘蛛《おおぐも》たちに使えるだろうか」

「えっ？」

「キミが作った霊薬《エリクサー》を使えば、彼らを元に戻せるんじゃないか？」

ユーリスの言葉に、リゼットは文字通り虫の息の大蜘蛛《おおぐも》たちを見下ろした。

「アトラク＝ナクアは邪神と呼ばれ、天界に属する聖なる神と反目し合う存在だそうだ。世界樹が持つ神聖な成分は邪神にとって猛毒となる。ここまでがシン・ステータス解析装置のデータだ」

「はい」

「ここから先は僕の仮説だ。人間は聖なる神に属する生き物で、彼らは元々人間だ。世界樹の成分を凝縮した霊薬《エリクサー》を投与すれば、邪神の力を打ち消して人間に戻れるかもしれない」

「……なるほど」

「あくまでも仮説だ。もし僕の読みが外れていたら、邪神の眷属《けんぞく》である彼らは即座に絶命する可能性だってある」

リゼットは息を呑んだ。

このまま放っておけば、しばらく経てば死んでしまう。その場合、リゼットは手を汚さずに済む。霊薬《エリクサー》を与えれば彼らは人間に戻れるかもしれないが、彼らが死ねば、たとえ延命目的の行動であってもリゼットは彼らの死の責任を背負うことになる。

「残酷な選択を突き付けている自覚はある。だが彼らは、彼らの罪は人間の罪として裁かれるべきだ。断じて赦《ゆる》すつもりはない。彼らは王国の法に照らし合わせて、人間として裁くべきだと思っている」

「ユーリスさん……」

「それに彼らを人間に戻せば、本物のアトラク＝ナクアがどうなったのか聞き出せる。どこかに身を潜めているのか、あるいは彼らが知らずに討伐しているのか」

「！　確かに、本物のアトラク＝ナクアがどうなったのか知る必要がありますね」

まだ生きていて、どこかに身を潜めているなら探し出して倒さなくてはならない。

情報を引き出すためにも、リノとアクセルを死なせる訳にはいかない。

「万が一彼らが死んでしまったのなら、僕が背負う。リゼットのせいじゃない、僕の責任だ。君は何も悪くない」

「…………」

「だから――」

「いいえ、私も一緒に背負います。背負わせてください」

リゼットはユーリスの手を取り、静かに頷く。

一瞬、ほんの一瞬だが、リノとアクセルはこのまま死なせてあげたほうが良いのではないかと思ってしまった。

盗賊に身を落とし、大蜘蛛《おおぐも》にされて大勢の人々を襲って迷惑をかけた。

そんな二人が生き永らえたとしても、余計な苦しみを与えるだけではないか――と。

だがユーリスの言葉を聞いているうちに、その考えは間違っていると気付けた。

ユーリスの言うことは正しい。リノとアクセルには、人間として罪を償ってもらうべきだ。

彼らとはいろいろあった。直近では辛い思い出の方が多いが、パーティーを組んでいた期間にはいい思い出もある。

ここでリノたちを人間ではなく魔物として死なせてしまえば、そんな思い出すら消えてしまう。

自分の中の思い出が損なわれてしまう、そんな気がした。

それにリゼットは薬師だ。薬師が作る薬とは、誰かを助けるためにあるべきだ。それが亡き母の教えだった。

目の前に助けられる命があるのに、それを見捨てるなんて自分らしくない。

薬師として救える可能性はすべて試してみるべきだ。

「ありがとうございます、ユーリスさんのおかげで薬師の本懐を思い出せました。……このまま二人を死なせたら、私はきっと一生引きずるでしょう」

「リゼット……」

「それでは早速、霊薬《エリクサー》を試してみましょう」

「……ああ、頼んだよ」

リゼットは荷物を探って霊薬《エリクサー》を取り出すと、祈るような気持ちで蜘蛛《くも》たちに振りかけた。

大蜘蛛《おおぐも》の体が淡く光り、見る間に傷が塞《ふさ》がっていく。周囲の人々がどよめく。

蜘蛛《くも》の体を覆っていた毒々しい黒い毛が抜け落ち、人間の生身の肌が露わになっていく。

ユーリスやシグルド、他の皆は固唾《かたず》を飲んでその様子を見守っていた。

「う……ぁ、俺たちは……？」

リノとアクセルは人間に戻った。

ただ、意識を取り戻したリノだけは苦しそうに悶《もだ》える。

なぜならリノの左目には、リゼットが放ったスリングショットの矢が刺さったままだったからだ。

大蜘蛛《おおぐも》の再生能力を封じるため、ダークポーションを飛ばした時に刺さった矢だ。

彼らを人間に戻すのが先決だったから、抜いて治療している暇がなかった。

リノは苦しそうに矢を掴むと思い切り引き抜いた。止める暇もなかった。

眼球ごと矢が抜け落ち、リノはさらに悲鳴をあげた。

「ぐあぁっ！　……クソッ、痛ぇ……！」

「どうぞ、回復ポーションです。これを飲めば傷が塞《ふさ》がるはずです」

「くっ……！」

リノは回復ポーションをひったくるように受け取って、一気に飲み干した。

左目の傷が塞《ふさ》がっていくが、眼球は再生しない。

それも仕方がない。薬品であろうと治癒魔法であろうと、切断された四肢や抜け落ちた眼球を再生することはできない。

抜け落ちた矢を見ると、鏃《やじり》の先で眼球が干からびていた。ダークポーションの威力はまだ続いていたようだ。

「おい、お前たち」

人間に戻り、意識も取り戻した二人の前にシグルドが立ちはだかる。

そして部下たちに命じてマントを持って来させ、二人に投げつけた。蜘蛛《くも》から人間に戻ったばかりの二人は全裸だった。

「それで体を隠せ。気遣いではないから勘違いするな。リゼットさんに見苦しいものを見せたくないだけだ」

シグルドは冷たい眼差しでリノとアクセルを見下ろした。

二人はマントを腰に巻いて下半身を隠す。

「元【鈍色の水晶】のリノとアクセルで間違いないな？　貴様らの所業は王国騎士団にも届いている。このまま捕縛し王都に連行するぞ。だがその前に聞きたいことがある。貴様たち、アトラク＝ナクアと遭遇したのだろう。アトラク＝ナクアはどうなった？」

「アトラク＝ナクア……？」

「貴様らを魔物に作り変えた蜘蛛《くも》の化け物だ」

「くっ、あいつか……！　あの化け物なら倒したが……死ぬ寸前、俺たちを魔物に変えやがった……」

「そうか。ならばもうアトラク＝ナクアの脅威はないのだな。その点は何よりだ。だが――」

シグルドはリゼットとリノたちを交互に見やると言葉を続けた。

「リゼットさんに謝罪しろ。彼女がいなければ貴様らは死んでいた。リゼットさんは貴様らに非道な仕打ちを受けたのに、貴重な薬で貴様たちの命を救ったんだ。まず何を置いても彼女に謝罪しろ！」

シグルドの言葉に二人は息を飲む。特にリノは忌々《いまいま》しそうに顔を歪めた。

リゼットはリノを、リノはリゼットを見つめる。視線が交錯する。

先に目を逸らしたのはリノだった。彼は忌々《いまいま》しそうに、吐き捨てるように呟いた。

「俺は……別に、助けてほしいなんて頼んでねえ」

「リノさん……」

「大体、助かったところで何になる？　蜘蛛《くも》のバケモンになって人間を襲って、おまけに片目まで失くしちまった。……こんな状態で生きたところで何になるっていうんだよ!?　ロクな未来なんて無ぇじゃねえか!!」

「なっ……なんてことを！」

その言葉にシグルドは面食らう。それでもリノは構わず続ける。

露悪的な笑みを浮かべてリゼットを睨《にら》みつけた。

「お前はそこまで計算して治療したのか？　あのまま一思いに死なせるよりも、人間に戻して自分の手で処刑台に送ってやろうとでも思ったのか？　ハッ！　いい趣味してるぜ、まったくよぉ！」

「貴様……どこまで性根が腐《くさ》った男なんだ！　これ以上リゼットさんを侮辱するな！」

あまりの暴言に耐えかねたのか、シグルドがリノの顔を殴りつけた。

「ガハッ……！」

重々しい打撃音と共にリノが倒れる。

だがリノは歪《いびつ》な笑みを浮かべ、シグルドやリゼットを見上げた。

「リゼット、お前の新しい仲間とやらはいい性格してるじゃねえか……抵抗できない人間を嬲《なぶ》るのは楽しいか、騎士サマよぉ？」

「貴様、まだ言うか！」

「いいんです、シグルドさん。……私にリノさんと話させてください」

「リゼットさん！　ですが……」

「お願いします」

「……分かりました」

怒りに震えるシグルドを諌《いさ》め、リゼットは前に歩み出る。

リノの前でしゃがんで目線を合わせる。

相変わらずリノは歪《いびつ》な笑みを浮かべたままだった。

だが、その瞳の奥に動揺が滲《にじ》んでいるのをリゼットは見逃さなかった。

「リノさん。貴方はこの期に及んでも、まだ自分のことしか見えていないのですか？」

「あぁ!?」

「未来がないとか、助かっても意味がないとか、それって全部リノさん自身の都合ですよね。貴方が迷惑をかけてしまった人、傷つけてしまった人に対する謝罪はないのですか？」

「はあ？　なんだよ、お前……」

「蜘蛛《くも》にされてしまった点では、リノさんたちは被害者とも言えます。だけど、そもそもリノさんたちが大勢の人に迷惑をかけたせいで、王都にいられなくなったんですよね。その後は盗賊紛いの行為で人様に迷惑をかけていたんですよね。そのせいでアトラク＝ナクアに寄生されたのだとしたら……やっぱりリノさんたちにも責任があると思います」

「ぐっ……！」

「私がリノさんたちを助けたのは、償いをしてほしいからです。今ここで死んでしまったら、貴方たちは何も償えません。ただ好き勝手した挙句《あげく》に死んだだけです」

「…………」

「だけど生きていれば贖罪の機会に恵まれるかもしれない。たとえば誰かを助ける未来だってあるかもしれません。……私はそうあってほしいと思ったんです」

「……リゼット……」

リノの顔に動揺が浮かぶ。彼はもう精神的にも肉体的にも疲弊しきっていた。

悪態を吐いたのは最後の虚勢だった。それすらも今、リゼットに剥がされようとしている。

「思い出してください。リノさんだって最初はこんな人ではなかったはずです。二年半前、いえ、もう三年前ですか。私が出会ったばかりの頃のリノさんは――もっと輝いていました」

「三年前……」

リノは瞼《まぶた》を閉じる。

脳裏にこれまでの出来事が、走馬灯のように浮かんできた。

◇◆◇

『ここが王都キーラか……家族はみんな流行り病で死んじまった。俺はここから身一つで名をあげてやるぜ！』

三年前。少年時代のリノは、夢と希望を胸に王都へ初めて足を踏み入れた。

早くに親を亡くし、孤児として育ったリノは腕っぷしの強さだけが自慢だった。

王都キーラで冒険者として名をあげて、今まで自分をバカにしてきた周囲の連中を見返してやるつもりだった。

だが、身寄りのない少年は、冒険者ギルドでも冷遇された。

熟練の冒険者たちは後ろ盾のないリノを使いっ走りにしたり、時には鉄砲玉にしたりもした。

リノ以外にも同じような目に遭っている身寄りのない冒険者は何人もいた。

彼らの中には死んでしまった者たちもいる。

虐《しいた》げられて夢叶わず、道半ばにして使い捨てられ死んでいく仲間たちを見て、当時のリノは義憤を抱いた。

だからリノは、自分と同じく「持たざる者」たちで手を取り合い、協力し合おうと決めた。

そう思って声をかけた相手がアクセル、ダリオ、メイラ、そしてリゼットだった。

『俺たちは一人だけじゃクズにも等しい存在だ。蹴り飛ばされてドブ川に沈む小石だ。だが同じような奴らが集まって一つの岩になれば、ドブ川の流れを堰《せ》き止めることだってできるはずなんだぜ！』

持たざる者同士で冒険者パーティー【鈍色の水晶】を結成し、皆で同じ夢を追いかけた。

【鈍色の水晶】とは、リノが名付けた名前だ。

自分たちには宝石のような輝きも煌《きら》めきもない。

それでもいつの日か、真価を知らしめてやると願いを込めて名付けた。

——それなのに、地位が高まるにつれ初心を忘れていった。

何もしなくても女が寄ってくるようになり、冒険者たちの称賛を一身に受けるようになり、手元には大量の金が舞い込んでくるようになった。

そんな環境の中でリノは次第に傲慢《ごうまん》になっていった。

彼は力と金と称賛を一気に手に入れたことで欲望に溺《おぼ》れ、あっさり己を見失った。

そして肥大化した自尊心は、かつて手を取り合った仲間を疎《うと》ましく感じるようになっていった。

最初にリノが不愉快に感じ始めたのは、万年Fランクの調合師。飾り気もなく愛想も良くないリゼットだった。

特に気の利いた会話ができるでもなく、いつも地味なローブ姿。

歓楽街の華やかな女を見慣れたリノにとって、リゼットは鬱陶《うっとう》しい存在になっていった。

だから追放を決意した。いつまでもリゼットを側に置いておくよりも、自分の地位や実力に相応《ふさわ》しい女を引き入れよう。そこまで思いあがっていた。

大切だった仲間に牙を剥《む》き、その結果、地位も財産も夢も仲間も何もかも失い堕《お》ちていった。

——自分の人生とは、果たして何だったのか。

ただ他者に迷惑をかけて、虚無の中で終わるはずだった。

そんな自分の命をリゼットが救ってくれた。人間に戻してくれた。

理不尽にパーティーを追放したのに。身勝手な理由で疎《うと》ましく思っていたのに。

それでもリゼットはリノの命を救ってくれた。

……無論、この先の人生まで救われる保証はない。

これから自分たちは王都の牢屋に連行され、裁判所で裁かれて刑罰に処されることになるだろう。

しかしそれでも、まだ生きられる。

リゼットの言うように贖罪の機会や、やり直す機会に恵まれるかもしれない。

なら——

◇◆◇

「……俺が、間違っていた……」

これまでの過去を振り返り、初心を思い出したリノはリゼットに謝罪する。

リノは今まで罪悪感を抱くことがなかった。他人を敬うことも、感謝することもなかった。

だが今は、心底悔いていた。

ようやく己の過ちを認めたリノの姿を見て、アクセルも同じように頭を下げて謝罪する。

アクセルはリノの舎弟であり、すべての判断をリノに任せている男だった。兄貴分のリノが過ちを認めた以上、アクセルも頭を下げる。

「……俺はずっと勘違いしていた。俺がSランク冒険者になれたのは、【鈍色の水晶】が認められたのは自分一人の力だと思いあがっていた。だけど違った。そうじゃねえんだ。【鈍色の水晶】があそこまで強くなれたのは仲間が、お前たちがいたおかげだった」

「リノさん……」

リゼットは項垂れる二人に手を差し伸べて言った。

「顔を上げてください。私は怒っていません。王都に来たばかりのあの日、リノさんが声をかけてくれたおかげで私は冒険者として経験を積めました。王国騎士団に拾っていただけたのも、そのおかげだと思っています。同じ夢を追いかけられたのもいい思い出です」

「だが、俺たちは……」

「もう全部過ぎたことです。全部終わったんですよ、【鈍色の水晶】は」

リゼットは少し寂しげに微笑むと、こう続けた。

「どうか今後の人生で、犯してしまった罪を償ってください。それだけが私の願いです」

「……分かった。副団長、俺たちを捕縛してくれ」

「ああ、了解した」

リノとアクセルは両手を拘束され、衛兵に連行される。

そして一行は洞窟《どうくつ》を出て、グストリー山を下山した。

一行は山の裾野へ降りる。リノとアクセルは腰に布を巻いただけの状態で、縄で縛られて連行されていた。

裾野に展開していた混成軍は、ざわめきと共にシグルドたちを出迎えた。

「おい、なんだアレは？」

「あれって王都で指名手配されてた冒険者たちじゃないのか？」

「シグルド副団長たちは化け物退治のついでに指名手配犯も捕まえたのか。さすがだな！」

「いや、どうやらあの指名手配犯たちが今回の騒動の黒幕らしいぜ」

「なんだって？　どういうことだ？」

「なんでも連中が化《ば》け蜘蛛《ぐも》と化してスタンピードを巻き起こしていたんだって。それをシグルド副団長たちが倒して、リゼットさんが人間に戻したんだそうだ」

「それはすごい！　さすがシグルド副団長だな！」

「リゼットさんもすごいぞ！　化け物を人間に戻してしまうなんて……さすが究極の薬姫だ！」

シグルドとリゼットの活躍を聞き、兵士たちが盛り上がる。

リゼットを称賛する声も多くあった。

特に戦いを終えたジュエルとメイラは、リゼットを褒めそやした。

「あの二人すら助けるなんて……リゼットは薬師として腕が立つだけじゃないわ。人間的にも立派よ」

「うんうん、あたしたちも見習わないとね～！　それにしても、あの男どもは……」

ジュエルは鋭い目つきになると、半裸で連行されていくリノとアクセルに軽蔑の眼差しを注ぐ。

ジュエルはかつてリノに殴られている。その時の恨みはまだ消えていない。

リゼットのような物分かりのいい優しさを持ち合わせていないジュエルは、思いっきり二人を罵倒し始める。

「ねえねえ、今どんな気分～？　散々バカにしてたリゼットちゃんに助けられてどんな気分？　ねえねえ教えて教えて～？」

「ぐっ……！」

「ボッコボコにされて半裸で衆目に晒《さら》されて、片目をなくして投獄されるのってどんな気分～？ねえねえねえねえねえ～!!」

「……っ！　うるせえぞクソガキ！　お前にそこまで言われる筋合いはねェよ！」

「やだぁ、怖ぁ～い！　この上さらに何か悪さしたら、あんたたちの罪がもっと重くなるだけなんですけど～？」

「うぐっ……！」

「害悪犯罪者。迷惑冒険者。半裸の晒《さら》し者《もの》。半端な嫌われ者。人を見る目なし。鼻つまみ者。ざぁこ、ざぁ～こ！　きゃはははははっ!!」

「このッ……!!」

罵倒されたリノとアクセルが顔を真っ赤にする。だが反論できず、歯噛みするしかない。

「ま……まあまあジュエルさん、そのぐらいにして……」

「えーっ⁉　だってコイツらリゼットちゃんを散々虐《しいた》げた挙句《あげく》に追放したんでしょー？　あたしも一回ぶん殴られたし、他にも色んな人に迷惑かけてきたんじゃない～！　これぐらいは当然だと思うけどなぁ～？」

「そ、そうかもしれませんが、これ以上はいよいよ死体蹴りみたいなものになってしまいますし……」

「リゼットちゃんがそう言うなら仕方がないかなぁ。じゃ、最後に一言だけ言ってあげる。ありがたく聞きなさい、ほらほらぁ～！」

ジュエルはリゼットの制止を聞くと、指を回してリノたちに視線を誘導する。

そして満面の笑みを浮かべ、親指を下に突き付けて言った。

「ざまあ見ろ、バーカ！！！」

「……‼　くっ、くそおおおおっ‼」

「ほら、もう行くぞ」

絶叫するリノと、怒髪天をつく勢いで激怒するアクセル。そんな二人を見てシグルドは呆れたように言うと、二人を馬車に押し込んだ。

リゼットやユーリス、シグルドたちはグストリー山の裾野で戦っていた混成軍から話を聞く。

巨大蜘蛛《きょだいぐも》を倒した時点でスタンピードは沈静化した。

魔物の群れは急激に勢いを失うと潰走し、討伐され、あるいは山に逃げていった。

人里に向かった魔物は一匹たりともいない。

「それで、我が軍の被害状況は？」

「はっ！　負傷者は多数出ておりますが、死者はゼロです！　シグルド様のご活躍とユーリス殿下の作戦、そしてリゼットさんの作った薬のおかげです！」

「そうか、よくやった！」

死者はゼロとの知らせにシグルドもユーリスも安堵し、リゼットは喜んだ。

これだけの規模の戦いになりながら死者ゼロというのは奇跡にも等しい。

皆は手を取り合って喜び合う。だが、喜んでばかりもいられない。死者はいないが負傷者はいる。

リゼットはすぐに治療に入り、怪我人《けがにん》の負傷具合を診ては的確に薬を調合していった。

おかげで予後が悪くなる人は出ずに、スタンピード事件は終息したのだった。

◇◆◇

グストリー山の裾野での戦いを終えた一行は、王都に戻る。

スタンピード鎮圧の翌々日。シグルドとリゼットは王城に招かれ、国王の前で戦果報告を行った。

謁見の間にて大蜘蛛《おおぐも》を倒したこと、そして魔物の群れを殲滅したことを報告する。

灰色の髪に威厳ある髭、王冠を被った国王は報告に満足そうに頷いた。

「うむ、よくやった。これで我が国の民は守られた。シグルド、お前は我が王国の誇りだ。今後もその力を存分に振るってくれ」

「はっ！　ありがたき幸せです！」

「リゼットもよくやってくれた。そなたの薬のおかげで多くの兵が助かった。感謝している」

「身に余るお言葉、あ、ああ、あり、ありがとうございます……っ！」

リゼットは完全に緊張してあがっていた。

国王陛下に謁見するのは初めてだ。つい数ヶ月前まで、明日の食事すら食べられるか分からない底辺冒険者暮らしだったのだから、それも当然だ。

それが今では直々に声をかけられている。

シグルドは大蜘蛛《おおぐも》を倒した英雄として、スタンピード鎮圧の立役者として勲章を授与された。

リゼットは人間側の犠牲者をゼロに抑えた功績を讃えてシグルドと一緒に表彰され、国王から感謝の言葉を贈られる。

「リゼット、貴女の功績は大きい。今後も我が王国のためにその力を振るってほしい」

「あ、は、はい……！　せせ、精一杯、この国の人たちのために、自分にできることを精一杯やり遂げますっ！」

リゼットは緊張のあまりスムーズに言葉が出てこなかったが、それでも何とか返事をする。

そんな彼女の様子を見て、国王の脇に控えていたユーリスがかすかに笑みを浮かべる。

（国王陛下はユーリスさんのお父さんなんだよね……普段はつい忘れがちだけど、こうして見るとやっぱりユーリスさんは王子様なんだな……）

それからリゼットはシグルドとともに退室し、ユーリスはその場に残った。

国王はユーリスをじっと見つめる。その瞳の奥に宿る感情は、息子に対する愛情と、一人の男への警戒感が入り混じっていた。

「ユーリスよ、そなたの働きも見事だったとしか言いようがない」

「ありがとうございます」

「シン・ステータス解析装置の開発、此度のスタンピード鎮圧作戦の立案、そしてあの薬師リゼット・ロゼットを見出し騎士団で雇うと決めた先見性。どれも素晴らしいものだ。世間はシグルドの活躍やリゼットの才能に注目するであろうが、そなたはいわば影の立役者よ」

「過分なお言葉をいただき、恐縮です」

「だが忘れるな。そなたが活躍すればするほど、そなたを担ぎ上げようとする者も増える。いかに優秀であろうとも、そなたの王位継承順位は低い。王国の王位継承の序列を乱すようなことがあってはならん。王家が割れれば国が割れる。国が割れれば民が犠牲になる。それを努々《ゆめゆめ》忘れるな」

「無論、心得ております」

「……うむ、ならば良し。余とてそなたが憎くて言っているのではない。王国のためを思ってのことだ。それは分かってくれるな?」

「もちろんです、父上。私も国と民を第一に考えております。私のすべては王国と民のためにあります。王国の利益にならぬ行いは断じてしないと誓いましょう」

「……そうか。もう下がって良い。今日はゆっくりと休むが良い」

「はっ。失礼いたします」

ユーリスは一礼すると、部屋を出ていく。息子の背中を見届けて、残された国王は一人呟く。

「シグルドとリゼット……。二人を王国騎士団に入れたのは正解であった。シグルドは間違いなく王国騎士団の戦力となり、リゼットは貴重な人材となった。どちらも王国にとって欠かせない存在じゃ。しかし……」

国王は深くため息をつく。

「ユーリスよ、そなたはどうか影であってくれ。そなたの持つ人脈は、いずれ国を傾けかねない力を持つ。国を割らないためにも、これ以上目立つ行動は慎んでくれ」

国王は窓の外を見る。

そこにはスタンピード鎮圧の功労者であるシグルドとリゼットが肩を並べて歩いている。

そして二人の背後から、ユーリス小走りで駆け寄った。

# エピローグ

王都に戻ってきてからも、リゼットの日々は変わらない。

リゼットはいつも通り、騎士団本部の薬品工房で薬師としての仕事をこなしている。

あれから特に大きな事件はなく、王都では平穏な日常が続いていた。

そんなある日の昼前、リゼットは薬品工房の地下室にいた。

地下室の奥にはキノコの栽培スペースが新設されている。

これまでたんまりもらった報酬《ほうしゅう》を注ぎ込んで、地下室を拡張・改装してもらった。

そして保管庫の奥に作ったスペースでキノコ栽培を始めたところ、すっかりハマってしまった。

「はあぁ～……キノコはいいなあ。暗くてジメジメした場所でもよく育つ……なんだか共感しちゃうなあ～」

すくすく育つキノコたちをリゼットはうっとりと眺める。

放っておいたら一日中キノコを見ていそうな勢いだ。

地下栽培で育てているキノコは【月光茸《げっこうだけ》】。自然発光する種だ。

キノコ自体が仄《ほの》かな光を放つので照明代わりになるし、薬の材料としても使える。

魔道ランタンのオイルの材料にもなるし、食用にもできる。

「もうすぐ収穫できるかなー。早く食べたいけど、もう少し待たないとね」

近頃はスタンピードの鎮圧にいったり王宮に呼ばれたり、目まぐるしい日々を過ごしていた。

以前と比べたら華やかで騒がしい場所にも少しは慣れてきたと思う。

それでもやっぱり暗くてジメジメした空間には癒《いや》される。

明るくてキラキラした場所で過ごした後は、暗くてジメジメした場所で落ち着きたい。

ここしばらくの生活でつくづく実感した。自分には明るい華やかな場所は似合わない。

卑屈になっている訳ではなく、とにかく性に合わない。

明るくて華やかな場所にいると、暗くてジメジメした場所の十倍ぐらい速いペースでエネルギーを消耗する気がする。

明るい場所で一日頑張ったら、その後三日間は暗い場所で静かに過ごしたい。

三日頑張ったのなら五日。一週間頑張ったら十日間――そんな感じで暮らしていけたら、どれほど素晴らしいだろう。

「はぁ……生まれ変わったらキノコになりたい。それも野生のキノコじゃなくて、お金持ちの家の地下で栽培されるキノコがいいな。太陽の光なんて一生浴びずに終わるんだ。考えただけで心が躍る……」

キノコに生まれ変わる妄想をしながら、リゼットは一人幸せな時間を過ごす。

だが幸せな時間は続かないものだ。リゼットのお腹が鳴る。

壁にかけてある時計を確認する。気付けばもう昼過ぎ。お腹が空いてきた。

「そろそろご飯を食べにいこう」

地上に戻って食堂へ向かう。

今日は休日なので、騎士団の皆も思い思いに過ごしている。兵舎内を歩く人もまばらだ。

玄関前に差しかかったところで、メイラとジュエルに声をかけられた。

「リゼットちゃ～ん！」

「こんにちは、リゼット」

「あ、メイラさんにジュエルさん。こんにちは、お出かけですか？」

メイラとジュエルは冒険に出る時の装いだ。

「実は私たち、本格的に冒険者に戻ろうと思っているの」

「えっ、そうなんですか？」

「はい～。あのクソ野郎共もいなくなったんで、あたしたちも王都で活動しやすくなりましたしね～」

「検査も治験も終わったたし、スタンピードの後始末も済んだものね。また冒険者ギルドを拠点に活動するわ。一からの出直しになるけど、それもいい経験よね」

二人とも爽やかな笑顔で言う。

確かにリノたちがいなくなった以上、これまで彼女たちの冒険者活動を阻んでいた障害はなくなった訳だ。

「そうですか……寂しくなりますけど、またいつでも遊びに来てくださいね」

「ありがと〜！　またリゼットちゃんのお薬買いにくるわ〜！　あとあと、お休みの日は一緒にご飯を食べにいきましょう〜！」

「冒険先で見つけた素材もお土産に持ってくるわ。楽しみにしていてね」

「はい、待っていますね！」

リゼットは二人を見送りながら、大きく手を振る。メイラとジュエルも手を振り返してくれた。


二人の背中が見えなくなると、リゼットは再び食堂に足を向けた。

食堂に入ると、いつものテラス席にシグルドとユーリスの姿があった。休日なのに二人とも仕事に励んでいるようだ。

リゼットも他人をとやかく言えない。リゼットもシグルドもユーリスも、結局のところ自分の仕事が好きなのだろう。

シグルドとユーリスは、リゼットに気付くと手を振って席に招く。

「やあリゼット。キミもお昼かい？」

「奇遇ですね、俺たちもなんです。こちらにどうぞ、一緒に食事しましょう」

「あ、はい。失礼します」

リゼットは二人の向かいに腰かける。

今日のランチはビーフシチューだ。サラダとパン、コンソメスープがセットでついてくる。

最近少し肌寒くなってきたから嬉しいメニューだ。

赤ワインで煮込まれたトロトロの牛肉を口に運ぶ。肉がほろりと崩れて舌の上で溶け、濃厚なブラウンソースの味わいが口いっぱいに広がる。丸ごと煮込んだ玉ねぎの甘味も加わり絶品だ。

三人は食事をしながら会話を楽しむ。

話題はやはり先日のスタンピードについてだった。

「あの時は本当に助かりました。リゼットさんに助けられたのは俺だけではありません。あの場にいた全員の命を救ってくださって、心より感謝しています」

「私はただ自分の仕事を果たしただけです。それに皆さんが無事でよかったです」

リゼットは謙遜《けんそん》するが内心嬉しかった。

自分が褒められたことが、ではない。一人も死者が出なかったことが嬉しい。

目の前にいる人を助ける。救える命は一つでも多く救う。それが薬師の本懐だ。

「……そうだ、リノとアクセルの処遇について判決が出たそうだよ」

ユーリスの言葉に、リゼットの手が止まる。結局あの後二人は捕まり、留置場に入れられて裁判にかけられた。

「二人とも死刑は免れたみたいだ。だけどあれほどの騒ぎを起こしたから、懲役刑は避けられない」

「そうですか……」

「二人には懲役三十年が言い渡され、港町レーベより十キロ以上離れた海洋にある人工監獄島【グルガルタ】に送られることになった。あそこは特殊な魔力障壁で覆われていて、脱獄は不可能とされている」

　グルガルタ島はクラネス王国の凶悪犯罪者が収監される監獄島だ。

　別名【地獄の入り口】とも呼ばれている。

　海底洞窟《かいていどうくつ》には鉱脈が発見されており、囚人たちは刑務作業として海底洞窟で過酷な鉱山労働を強いられている。

　刑務作業という名の拷問だと囁《ささや》かれている。生きて島を出られる囚人はほとんどいない。

「二人は三十年間あの島で労働することになる。あの島の過酷な環境を考えると、実質終身刑と言っていいかもしれない」

「……そうですか」

「彼らは長い時をかけて罪を償うことになる。だが、少なくとも命がある限りは贖罪の機会はある」

「……はい。生きてさえいればチャンスがあるはずです」

　何をもって贖罪とするかは人それぞれだが、死んでしまえば償うことは二度とできない。それだけは確かだ。

「彼らがあれほどの規模の騒動を起こしておいて極刑にならなかったのはキミのおかげだよ、リゼット」

「え？」

「あのスタンピード騒動では、グストリー山周辺に被害は出たものの誰一人死んでいない。キミの作った薬のおかげでね。おかげで二人は死刑を免れたんだ」

「あ……」

「キミはもっと自分に自信を持つべきだ。今回の件で、キミがどれほど偉大なことを成したのか自覚するべきだよ」

ユーリスは涼やかな微笑みを浮かべると、食後のコーヒーを口に含んだ。

彼の言葉が胸に落ちる。

この瞬間、今まで頑なに他人からの称賛を受け入れられなかった理由が理解できた気がした。

唯一の家族だった母を失い、たった一人で王都にやって来たリゼット。

そんな彼女にとって、【鈍色の水晶】は第二の家族だった。

だが「家族」であり「家長」であるリノに無能の烙印《らくいん》を押され、存在を否定されて追い出された。

その事実が自分でも気付かないほど、心の奥に深く突き刺さっていた。

だからユーリスやシグルド、王国騎士団の人々に褒められても素直に受け取れなかった。

自分は家族の期待に応えられないダメな子だと思ってきたから……

けれど、今は違う。リノが無能と呼んだ力で彼を救い、リノはリゼットに謝罪した。

リノの命を救ったのは、彼が不要だと切り捨てたリゼットの【調合師】としての力だった。

役立たずとバカにされても、頑張って薬を作り続けてきたおかげで大勢の人々を助けられた。

そのことを理解できた時、リゼットはようやく自分自身を受け入れられた気がした。

「ユーリスさん、ありがとうございます。私、ようやく自分の問題に気付けました。……どれだけ周りが褒めてくれても、自分で自分を受け入れてあげられないとダメなんですね」

「ああ、そうだね。人は自分以外の誰かにはなれないし、なる必要もない。キミはキミ自身でいいんだ。自分を誇れるかどうか、それは周りの評価ではなく自分自身で決めるものだと思うよ」

シグルドも勢いよく会話に混ざってきた。

「その通りです、リゼットさんはありのままでいるのが一番素晴らしいんです。俺はあの日、ティムールの森で初めて会った時からずっとそう思ってきました。リゼットさんは優しい、リゼットさんは気高い、リゼットさんは素敵だ、リゼットさんは可憐だ、リゼットさんは聡明だ、リゼットさんは――」

「ちょちょちょ、ちょっと待ってください！　シグルドさん、また変なスイッチ入ってますよ！！？」

「リゼットさんは俺の女神です！　リゼットさんが笑ってくれると俺の世界が光り輝きます。リゼットさんが悲しめば俺の世界は闇に包まれ、リゼットさんが苦しもうものなら俺の世界は崩壊するでしょう！」

「い、いくらなんでも大げさすぎませんか⁉」

「リゼットさんの笑顔を守るためなら、俺はなんだってできます。この命すら捧げることを厭《いと》いません！」

「笑顔くらいでそこまでしなくても……ううう、重いよお……シグルドさんの感情が重すぎる……！」

シグルドは相変わらずのテンションだ。

それでも気絶することがなくなったのは、騎士団での活動を通してリゼットが成長した証だろうか。

(私は私でいいんだ。他の誰でもなく、自分の価値は自分で決めればいい)

シグルドもユーリスも自分の存在を認めてくれている。

そしてリゼットも彼らがいるから前に進める。

ユーリスはリゼットの才能を見出し、騎士団での登用を決めてくれた。薬師として腕を発揮する場所を提供してくれただけでなく、薬師の本懐も思い出させてくれた。

シグルドは眩《まぶ》しすぎるところはあるが、いつもリゼットを信じてくれる。それに優れた才能と力を持ちながらも、驕《おご》り高ぶらず自らの務めに励む彼の姿はリゼットにとって一つの指標となっていた。

あの日、ティムールの森へ行って良かった。

二人に出会えて良かった。今のリゼットは心からそう思った。

騎士団の薬師リゼット・ロゼット。多くの薬を調合し、数々の奇跡を成し遂げてきた究極の薬姫。

今の彼女に、半年前【鈍色の水晶】を追放された時のような不安はない。彼女はこの王都で確かな居場所を見つけた。

これからもリゼットの活躍は続いていく。

ヒュドラ事件、ミノタウロス事件、スタンピード事件——彼女が解決したそれらの事件はほんの始まりに過ぎない。
こうしてクラネス王国にまた一人、新たな英雄が誕生した。

新＊感＊覚ファンタジー！

# レジーナブックス Regina

**第16回恋愛小説大賞読者賞&大賞受賞**

## 婚約解消された私はお飾り王妃になりました。でも推しに癒されているので大丈夫です！

**初《はつ》瀬《せ》叶《かなう》**

**イラスト：アメノ**

譲位目前の王太子が婚約解消となったことで、新たな婚約者候補として挙げられ現在の婚約を解消させられたクロエ。生贄同然の指名に嫌がるも、「近衛騎士マルコが専属の護衛としてつく」と聞かされ、マルコがいわゆる『推し』な彼女は引き受けることに。『未来のお飾り王妃』という仕事だと割り切ったクロエに対し、常に側に控えて見守るマルコが、勤務時間を越えて優しく労わってくれて……

詳しくは公式サイトにてご確認ください。

https://www.regina-books.com/

携帯サイトはこちらから！

この作品に対する皆様のご意見・ご感想をお待ちしております。
おハガキ・お手紙は以下の宛先にお送りください。

【宛先】
〒150-6008 東京都渋谷区恵比寿4-20-3 恵比寿ガーデンプレイスタワー8F
（株）アルファポリス　書籍感想係

メールフォームでのご意見・ご感想は右のＱＲコードから、
あるいは以下のワードで検索をかけてください。

アルファポリス　書籍の感想　検索

ご感想はこちらから

本書は、「アルファポリス」（https://www.alphapolis.co.jp/）に掲載されていたものを、
改題、改稿のうえ、書籍化したものです。

# 追放《ついほう》された薬師《くすし》は騎士《きし》と王子《おうじ》に溺愛《できあい》される

## 薬《くすり》を作《つく》るしか能《のう》がないのに、騎士団《きしだん》の皆《みな》さんが離《はな》してくれません！

沙寺絃（さてら いと）

2023年12月31日初版発行

編集－星川ちひろ
編集長－倉持真理
発行者－梶本雄介
発行所－株式会社アルファポリス
〒150-6008 東京都渋谷区恵比寿4-20-3 恵比寿ガーデンプレイスタワー8F
TEL 03-6277-1601（営業） 03-6277-1602（編集）
URL https://www.alphapolis.co.jp/
発売元－株式会社星雲社（共同出版社・流通責任出版社）
〒112-0005 東京都文京区水道1-3-30
TEL 03-3868-3275
装丁・本文イラスト－NiKrome
装丁デザイン－AFTERGLOW
（レーベルフォーマットデザイン―ansyyqdesign）
印刷－中央精版印刷株式会社

価格はカバーに表示されてあります。
落丁乱丁の場合はアルファポリスまでご連絡ください。
送料は小社負担でお取り替えします。

ISBN978-4-434-32968-5 C0093